中公文庫

御蔵入改事件帳

世直し酒

早見　俊

中央公論新社

目次

御蔵入改の面々

荻生《おぎゅう》但馬《たじま》……御蔵入改方頭取。奸計にはまって長崎奉行をお役御免となり、出世街道を外れる。小普請入りしてから、暇にあかせて三味線の腕を上げた。長崎仕込みのサーベルを使う。

緒方《おがた》小次郎《こじろう》……元北町奉行所定町廻り同心。「袖の下」を受け取る先輩同心を批難したため反感を買い、定町廻りを外され、御蔵入改に出向となった。直心影流の使い手。

大門《だいもん》武蔵《むさし》……六尺棒を得物とする、巨体の元南町奉行所臨時廻り同心。子沢山のため、「袖の下」は大歓迎。将棋好きだが、いつも近所の御隠居に負け、一分金をまき上げられている。

お紺《こん》……女すり。長崎時代に但馬と知り合う。洗い髪で、素足の爪に紅を差し、紫地に蝶の柄などの派手な装いを好む。

喜多八《きたはち》……年齢不詳の幇間。丸めた頭にけばけばしい着物姿で、武蔵と御隠居の将棋をよく冷やかしている。

御蔵入改事件帳　世直し酒

第一話　悪行合一

一

御蔵入改方頭取《おくらいりあらためかたとうどり》、荻生但馬《おぎゅうたじま》は柳橋《やなぎばし》の船宿、夕凪《ゆうなぎ》の二階で三味線を弾いていた。

空色の小袖《こそで》を着流したその身体《からだ》は、肩が張り、胸は分厚く、着物の上からでも屈強さがわかる。身体同様、顔も浅黒く日焼けした、苦み走った男前だ。

だが、三味線の音色に合わせて小唄を口ずさむと目元が柔らくなり、万人を受け入れるかのような親しみを感じさせた。開け放たれた窓から吹き込む風はまだ肌寒いが、差し込む日差しでできた陽だまりで、初春の昼下がりを満喫できる。

文化《ぶんか》十三年（一八一六）正月十五日、但馬は四十六になった自分を励ますように力強く撥《ばち》を動かした。眼下に広がる大川《おおかわ》の川面《かわも》を多くの荷船が行き交い、それらの隙間《すきま》を縫うように猪牙舟《ちょきぶね》が進む。吉原《よしわら》を目指す男たちだ。但馬は微笑を浮かべ、彼らの健闘を祈った。

大川端では子供たちが凧《たこ》上げを競っている。そんな子供たちの親に向かって、

「凧売りでござい、凧やあ奴凧《やっこだこ》！」

凧売りの声がかまびすしい。

そこへ、夕凪の女将《おかみ》、お藤《ふじ》が階段を上がってきた。但馬は中棹《ちゅうざお》の三味線と撥を置き、お藤に向く。お藤は三十路《みそじ》に入った大年増《おおどしま》、四年前に亭主と死別し、亭主の残した船宿を女手一つで切り盛りしている。人目を引くような美人ではないが、話上手で愛想が良く客をよい気分にさせるため評判がいい。

「お客さまですよ」

身形《みなり》の立派な武士だとお藤は言い添えた。一人の供侍も連れていないそうだ。

「わしを訪ねて来たのだ。追い返すわけにもいかぬだろう」

但馬は鷹揚《おうよう》に受け入れた。

やがて階段を上がって顔を出したのは、

「これは……」

但馬が驚きの声を上げたように、深い因縁のある男だ。寺社奉行北村讃岐守《きたむらさぬきのかみ》である。

但馬は長崎奉行を解任され、小普請組《こぶしんぐみ》に編入された。但馬を失脚させた黒幕が北村讃岐

守だったのだ。北村が行っていた抜け荷を摘発しようとして、逆に但馬が抜け荷に関わったという濡《ぬ》れ衣《ぎぬ》を着せられた。

その憎き敵が突如として現れたのである。

予想外の来訪者に但馬は言葉を失った。

仇敵とはいえ、幕閣を構成する寺社奉行という高官への挨拶《あいさつ》すらできないでいる――そんな但馬の前に北村はどっかと腰を据えた。

次いで、

「但馬、達者そうではないか」

北村は快活な声音《こわね》で告げた。表情も明るく、但馬を陥れた罪悪感など、微塵《みじん》も感じられない。

一体、どういう神経の持ち主で、どんな魂胆を抱いているのだろうかと訝《いぶか》しみながらも、黙っているわけにもいかず、

「何とかやっております」

但馬は無難に返した。

「御蔵入改という新規のお役目を担っておるそうじゃな」

北村の問いかけに、但馬は首肯した。

御蔵入改方は、南北町奉行所や火付盗賊改方《ひつけとうぞくあらためかた》の未解決事件や、そもそもはなから取り上げられなかった事件を扱う。かつて老中首座として幕政を担い、今以《もっ》て幕閣に強い影響力を持つ松平定信《まつだいらさだのぶ》によって設立された。設立に当たり、閑職にあるものの役目を担うにふさわしい力量だと、但馬は定信に見込まれたのである。

微妙な空気が漂い、沈黙が落ちた。言葉の継ぎ穂が見つからない。但馬は居心地が悪いことこの上ない。

「そなた、わしを恨んでおろう」

不意に北村は問いかけてきた。

但馬は北村を見返し、

「はい」

と、短く答えた。北村に媚《こ》びる気など毛頭ない。

「で、あろうな」

北村は笑い声を放った。

「本日の御用向きは」

首を傾《かし》げつつ但馬は尋ねた。

「気儘《きまま》に大川端をそぞろ歩きしている内に、そなたのことを思い出した」

北村はふらりと立ち寄ったのだと言う。そんなはずはなかろう。寺社奉行の身で、しかも因縁ある但馬を散策のついでに訪れるなどとは考えられない。

「わたしのような閑職にある者をお訪ねになるなぞ、御公儀を支える北村さまには時の無駄でござりましょう」

皮肉を込めて但馬が返すが、

「いや、大して忙しくもない」

北村の表情は何処《どこ》か寂しげだ。

一呼吸置き、

「近々に、職を辞するのじゃ」

意外なことを北村は言い添えた。

「どこか、お身体でも悪いのですか」

寺社奉行は老中への登竜門、野心家の北村がその道を中途で断念するとは思えない。よほど込み入った事情が生じたのか、それとも健康上の理由なのか。

「いや、そういうわけではない……あ、いや、どうせいずれわかるゆえ、そなたには申しておこう」

北村は言った。

「いかに」

思わず、但馬は畏《かしこ》まった。

「抜け荷が発覚した。そなたに濡れ衣を着せた抜け荷がな」

北村は自嘲《じちょう》気味に笑みを浮かべた。

但馬は胸がざわめいた。

「どういうことですか」

冷静になれと自分に言い聞かせつつ尋ねた。

長崎奉行の頃、大がかりな抜け荷が行われているという噂《うわさ》が立った。首謀者は北村讃岐守であった。北村は御用商人である廻船《かいせん》問屋堺屋《さかいや》を使い、遥《はる》かルソン、ボルネオ、スマトラにまで出かけて交易を行っていたのだ。

それを北村は、長崎奉行の役目を利用して但馬が行っていたのだという噂を流し、長崎奉行から追った。抜け荷探索はうやむやとなり、但馬一人が貧乏くじを引かされて一応決着した。

「言い訳になるが……」

北村は申し訳なさそうに前置きした。正直、今更謝罪されてもどうしようもない。不満と怒りが呼び覚まされるだけだ。しかし、北村が何を語ろうとするのか、興味をひかれる。

但馬は背筋を伸ばし、北村の話を受け入れる態勢を取った。

「わしは、金が欲しかった。金を貯え、老中になろうとしたのじゃ。なんとしても老中になりたかった。そのための資金の源を失いたくはなかった。だがな、私腹を肥やすために老中を目指したのではないぞ。わしには老中となってやりたいことがあった……もっと、国を開くことじゃ」

北村の口調は次第に熱を帯びてきた。

「国を開くのですか……交易の利を得るためにですか」

但馬は確かめた。

「海防のためじゃ。そなたも、存じておろう。八年前の長崎でのことを」

北村は文化五年（一八〇八）に起きたフェートン号事件を持ち出した。

イギリス軍艦フェートン号は交戦国であったオランダの商船を追って長崎港に侵入した。フェートン号はオランダ商館員を捕縛、長崎奉行に薪《まき》と水、食料を要求した。長崎奉行は人質の解放を条件に応じた。フェートン号は退去したが、責任を負った長崎奉行松平康英《やすひで》は自決した。

「長崎ばかりではない。蝦夷地《えぞち》にはオロシャの船が来航し、日本の海防を侵しておる。このようなことが続けばどうなる」

北村は目を凝らした。

「確かに、海防は懸念されます。何らかの対策を講じないことには日本は侵されるかもしれませぬ……それで、北村さまは老中となり、海防を強化なさりたい、と。しかし、西洋諸国の来航を受け入れれば、近海を侵されることにもなりましょう。鎖国を止《や》めようとお考えなのですか」

「国を開き交易をする。交易は海防のための金を得るのが目的じゃ。長崎や江戸の湾岸に砲台を設け、侵そうとする敵国の船を大砲で追い払わねばならない。敵に対しては軍勢も調《ととの》えねばならぬ。とかく大金がかかるのじゃ。海防の資金を得るため、国を選んで交易を盛んにすべきじゃ。鎖国は決して公儀の祖法ではない。神君家康《いえやす》公は朝鮮征伐という太《たい》閤《こう》の愚行によって閉ざされた明《みん》国との交易を再開し、エゲレスやメキシコとも折衝なされた。三代家光《いえみつ》公の御代に国を閉ざしたのは、耶蘇《やそ》教から日本を守るためであった。日本が国を閉ざしている間、西洋の国々は豊かになる一方だったのじゃ」

いかにも憂慮すべき現実だと言いたげに、北村は眉間《みけん》に皺《しわ》を寄せた。但馬が口を閉ざしているのを見て北村は続けた。

「優れた文物を取り入れ、国を富ませるには西洋諸国との交易が一番じゃ。わしはそれを達成しようと思った」

北村はわかるかというような目を向けてきた。

「お考え、まことに優れたものと存じます。ですが、それならば、正々堂々とした手段によって老中への道をお進みになるべきではございませんか」

但馬は返した。

一旦口をつぐんでから北村は言った。

「きれい事などいくらでも並べられる。その方とて、老中になるにはそれ相応の金が必要なことは存じておろう」

実際、寺社奉行になったからと言ってすんなりと老中に昇進できるとは限らない。現職老中の引き立てがものをいうし、大奥の覚えも愛《め》でたくなければならない。それには何を置いても金だ。運動資金はいくらあっても十分ということはないのだ。

「わかっております。ですが、それを表だって肯定するのは間違いではございませんか」

はっきりと但馬は意見を述べ立てた。

北村は反論しかけたが、

「そうじゃな。その方の申す通りじゃ。わしは道を誤った」

と、薄笑いを浮かべた。

「おわかり頂けたのですか」

「理屈ではな」

北村は微笑《ほほえ》んだ。

もう少し、但馬は話をしたくなった。怨敵《おんてき》、必ず意趣返しをしてやると心に誓っていた相手のはずが、面と向かって言葉を交わす内に、荒れていた気持ちが凪《な》いでいた。己の弱さなのかもしれないが、北村の言い分にも一理あるような気さえしてきた。何より、自ら足を運んで詫《わ》びを言いに来た気持ちを汲《く》み取らなければならない。

「一献、いかがですか」

但馬は申し出た。

一瞬、迷うように目をしばたたかせた北村は、

「そうじゃな。そなたと酒を酌み交わすのは最初で最後かもしれぬ」

と、応じた。

お藤が酒の支度をした。

「肴《さかな》と申しても佃煮《つくだに》くらいですが」

但馬は言った。

「かまわぬぞ」

北村は受け入れた。

酒は人肌に燗《かん》がついていた。

佃煮を肴に酒を酌み交わす。まさか、北村と杯を交わすことになろうとは思ってもいなかった。

「お互い、手酌《てじゃく》でまいろうぞ」

北村が言い、しばし酒を飲んだ後、お藤が再び上がって来た。酒のお代わりに寒菊の花弁が添えてある。

北村は相好《そうごう》を崩し、杯の酒に菊の花弁を浮かべた。但馬も同様にする。黄色い花弁が佃煮のみの質素な宴《うたげ》に彩りを添えた。

北村も満ち足りた様子で、

「初春の味わいじゃな」

満足の笑みを浮かべた。

それにしても、北村は何者かに足をすくわれたということだろうか。但馬は思案する。

幕閣の権力闘争に敗れたということになる。

「美味《うま》いのう」

北村は満面に笑みをたたえた。

半時程、酒を酌み交わしてから、

「寺社奉行を辞して後はいかがされるのですか。藩政に専念なさいますか」

松平定信を念頭に但馬は問いかけた。

北村は出雲国安来藩《いずものくにやすぎ》五万石の藩主である。日本海にある沖合の島を拠点に抜け荷が行われているという噂が立ったが、何処の島なのか幕府の隠密《おんみつ》も探り当てられなかったそうだ。

松平定信は老中を辞して後、白河《しらかわ》藩の藩政に力を尽くした。江戸では武士ばかりではなく絵師、俳諧師《はいかいし》などの文人、墨客《ぼっかく》と交わった。もっとも、悠々自適の余生を満喫しているばかりではなく、共に改革を進めた「寛政《かんせい》の遺老」と呼ばれる老中たちを通じて、政《まつりごと》にも影響を及ぼしている。

北村はおもむろに口を開いた。

「国許を離れておるゆえ、気にはなるものの、国家老どもがわしの不在を想定した政を行っており、当面の心配はない。それをいいことにわしは江戸で民と交わろうと思う」

幕府の要職を担う大名は江戸定府となり、国許に帰る必要はない。

「ちなみに民と交わるとは……」

「私塾でな、民に講義をする」

「ほう、それは良きお考え。して、何を講義なさるのですか」

「特にこれというものはない。世の中の仕組み、世の情勢などを教えてやろうと思う」

「どちらでございますか」

「芝《しば》じゃ。芝に清巌堂《せいがんどう》という私塾がある。北町の元与力宮川《みやがわ》清巌が主宰しておる」

北村は楽しみなのだと言い添えた。

「宮川清巌とはまた高名な陽明学者でござりますな。そうですか、宮川の私塾でご講義を……」

「そなたもぜひ、覗《のぞ》いてくれ」

快活に言い残すと北村は帰っていった。早くも失脚から立ち直ったのか、北村の背中は生き生きとして見えた。

二

その日の夕刻、北町奉行所元定町廻《じょうまちまわ》り同心で御蔵入改の緒方小次郎《おがたこじろう》は、八丁堀《はっちょうぼり》の組屋敷への帰途にあった。

小次郎は二十六歳、目鼻立ちが整った彫りの深い顔立ちは、筋を通す誠実さと折り目正しさを感じさせるが、融通の利かない一徹者という印象も与える。

楓川《かえでがわ》の手前で先輩同心の太田助次郎《おおたすけじろう》と出くわした。型通りの挨拶をして、別れようと

したところで、

「緒方、少し、話ができぬか」

と、太田が声をかけてきた。

「構いませぬが」

小次郎は受けた。

「ならば」

太田は周囲を見回し、一軒の縄暖簾《なわのれん》を指差した。小次郎がうなずくと、太田は先に暖簾を潜《くぐ》った。小次郎も続く。八間行灯《はちけんあんどん》に照らされた店内は半分程が客で埋まっていた。太田は入れ込みの座敷に上がった。小次郎も向かいに座る。酒とスルメ、ごまめを肴に頼んだ。飲む気にはなれなかったが、酒が入った方が曰《いわ》くのある太田とは話しやすいので、一緒に飲んだ。酒は上方《かみがた》からの下り酒ではなく、関東地廻りだ。

風味は落ちるが、何と言っても安価ゆえ懐《ふところ》には優しい。熱く燗をつければ抵抗なく飲める。

やがて、ごまめとスルメが出てきた。太田はスルメをかじりながら酒を飲む。小次郎はごまめを箸《はし》で摘《つ》まんだ。ごまめはカタクチイワシを干したもので、祝いの席で饗《きょう》される。水田の肥料にイワシを使うと稲がよく実り、豊作になることから、「田作り」とも呼ばれていた。嚙《か》み締めるとじんわりと甘みが感じられ、燗酒によく合った。

ひとしきり酒を酌み交わした後、

「雅恵《まさえ》と会ったな……あ、いや、宇津木《うつぎ》道場に出向いたのか」

と、太田は聞いてきた。

「師走《しわす》のことでした。しばらくぶりで稽古《けいこ》に出向きましたが」

ばつが悪くなった。

小次郎の剣術の師、宇津木市蔵《いちぞう》の妻雅恵は、太田の細君であった。三年前、雅恵は太田の家を飛び出し、宇津木の押しかけ女房となったのである。

「雅恵……」

太田は小さくため息を吐《つ》いた。

太田は目下、独り暮らしである。病床に伏していた母親を先月亡くしたばかりだ。

「先日、雅恵が屋敷に来て焼香したいと申した。断るのも何だと思い、許したのだが」

太田は一口ぐいと酒を飲んでから続けた。

「母は殊の外、雅恵に辛《つら》く当たっていた。姑《しゅうとめ》としての導きを超えた振る舞いであったようだ……いや、ようだというのは、無責任な申し様であるな。わしは見て見ぬふりをしていた。それが、雅恵の不満とわしへの失望を増幅させたのだと思う」

達観したような太田の物言いだが、その目は寂しげに揺れている。

小次郎は、

「雅恵殿に未練があるのですか」

ずばり問いかけた。

太田は薄笑いを浮かべ、言った。

「ないとは申さぬ、しかし、今更、どうにもならぬ。愛想を尽かされたのだ。雅恵に戻ってくれと頼むのは、恥の上塗りとなるだけだ」

太田には悪いが、何を話したいのか一向にわからない。愚痴を聞かせたくなったのだろうか。小次郎の疑念が伝わったのか、

「いや、すまぬ。実はな、緒方に話したかったのは、和代《かずよ》殿のことなのだ」

思いもかけないことを太田は言い出した。小次郎の妻和代は、三年前、何者かに斬殺されている。

小次郎が表情を引き締める。

「雅恵が母の焼香に来た際、和代殿に関して、とても怖《こわ》いことがあったと申したのだ。何があったと問いかけた。すると、下手人に心当たりがあるというのだ」

太田は一気に言った。

小次郎は生唾《なまつば》をごくりと呑《の》み込み、訊《き》いた。

「何者であると、申しておられましたか」

「宮川清巌……」

声を潜ませ太田は答えた。

「なんと」

思わず、声が大きくなってしまいそうになった。周囲を見回す。誰も、こちらに興味を引かれた者はいない。

「そんな……宮川さまが」

小次郎は首を左右に振った。

「信じられぬであろう」

太田は小次郎の顔を覗き込んだ。

「信じられるはずがありませぬ」

小次郎はまた首を左右に振った。

「わしとて、信じられなかった」

「どういうことですか」

あっと言う間に酔いは醒《さ》めてしまった。

宮川清巌こと、宮川清蔵《せいぞう》は元北町奉行所与力であった。与力の傍ら、陽明学の学者としても有名だった。四年前、四十を前に奉行所を辞し、陽明学を標榜《ひょうぼう》する塾を開いた。その名も、雅号である清巌の名を取り、清巌堂という。

宮川は真摯《しんし》に学問に打ち込む学徒であると同時に人格高潔で知られ、商人や博徒と癒着する与力や同心の浄化を奉行に訴え、それが叶《かな》えられなかったための辞職だと噂されている。

清巌堂に通うのは旗本、御家人の子弟が多かった。南北町奉行所の与力、同心は距離を保ち、表だっての入門者はいなかった。

しかし、宮川の学識を慕って、密《ひそ》かに教えを乞う者、難しい訴訟の吟味を相談する者が奉行所から訪れるのは公然の秘密となっていた。

その宮川が和代を殺したというのか。

戸惑いと深い疑念で小次郎は混乱してしまった。

「いや、言葉足らずであった。宮川清巌さまが和代殿を殺したのではない。清巌堂と関わったがために殺されたというようなことを雅恵は言っていた」

太田は言い添えた。

「何故、和代は清巌堂に関わり、殺されなければならなかったのですか」

腹から絞り出すような声で小次郎は疑問を口にした。

「その辺のところはよくわからぬ。そなたから直接、雅恵に聞いてくれ」

小次郎の苦渋を受け入れようとするように太田は野太い声で答えた。

「実は、年末、雅恵殿から和代について話があると文をもらったのです」

小次郎が打ち明けると、

「ほう、そうか」

太田は顔を曇らせた。

「いかがされたのです」

気になって小次郎は問いかけた。

「実はわしは清巌堂に足を運んだのだ」

太田は難しい訴訟の吟味を宮川に相談に行ったのだそうだ。宮川は快く応じてくれた。

すると、

「そこに宇津木市蔵がおった」

と、太田は苦々しげに吐き捨てた。

妻を寝取った男への恨みに胸を焦がしたようだ。小次郎は意外の感に打たれた。

「宇津木先生が清巌堂に……一体何をしに……」

「剣術の出稽古をしているとのことだったが」

「宇津木先生は宮川さまとは付き合いが長いのでしょうか」

「宮川さまが清巌堂を始められたのは四年前だ。当初は八丁堀の組屋敷で開講しておられたが一年後に現在の場所、芝の神明宮《しんめいぐう》近くに移った。宇津木は芝の清巌堂から出入りを始めたようだ。そして、雅恵とも清巌堂で知り合ったのではないかとわしは考える」

太田は唇を歪《ゆが》めた。

なるほどそう言われてみれば得心がいく。そういえばなれそめは聞いていないのだ。何処で知り合ったのだろうとは、漠然と疑念を抱いていた。

「それでな、和代殿なのだが、彼女も清巌堂に通っていたと思われる」

またも意外なことを太田は言った。

「和代が……」

唖然《あぜん》とした。

「知らなかったようだな」

「知りませんでした」

小次郎は力なく首を左右に振った。

自分の知らない和代の一面を知らされ、複雑な思いに駆られた。

「わしも、先般雅恵から聞くまでは知らずにいた。もっとも和代殿は見学程度であったらしい。雅恵に誘われて何度か清巌堂の見学をしたようだ。清巌堂では、宮川さまの他、宮川さまが懇意にしておられる方々も講義を行っておる。武士ばかりか町人も受講しておるそうだぞ」

太田は言った。

和代は陽明学に興味を抱いたのだろうか。そんな素振りなどなかった。自分が気づかなかっただけなのだろうか。

「雅恵が清巌堂に通ったのは、母との息詰まる暮らしから脱するためだったと思う。一人で行くのは心細いゆえ、和代殿を誘ったのであろう。それが仇《あだ》となったようだ」

すまん、と太田は頭を下げた。

白いものが目立つようになった太田の頭がぼんやりと霞《かす》んで見える。胸の中にもやもやが募った。太田が顔を上げたところで、改めて小次郎は問いかけた。

「和代は、清巌堂にとって不都合な事実を知ってしまったということですか」

「おそらくはな」

太田は小さく首を縦に振った。

「清巌堂では一体何が行われているのでしょうか。ひょっとして、賭場《とば》が開帳されているのでは」

酔いが醒めた小次郎は冷静になっている。

「さすがに賭場は開帳されておるまい。博徒どもが出入りしておる痕跡《こんせき》はないからな」

「太田さん、どうしてそんなことがわかるのですか」

つい、むきになってしまった。

「探っておるのだ。わしはな、同僚からは『寝取られ同心』、町人どもからは、『寝取られの旦那《だんな》』などと、ひどい陰口を叩《たた》かれておる。それで、同心としての意地も誇りもなくしておった。ただ、何もせず日々を過ごしておるだけだった。それがな、こたび、雅恵から話を聞き、わしの闘志は久々に燃え盛った」

太田の頬が紅潮しているのは、酒のせいばかりではなく、同心としての意地がこみ上げてきたからのようだ。

「賭場でないとしたら、宮川さまは一体何を企《くわだ》てておられるのでしょう。和代の口を封じねばならぬ程の悪事ということでしょうか」

「わからぬ。かつての由比正雪《ゆいしょうせつ》の如《ごと》き、公儀転覆の悪巧《わるだく》みをしているのかもな」

冗談とも本気ともつかない口ぶりで太田は言った。

「今、清巌堂にはどれほどの塾生がおるのでしょう」

「ざっと、三百人だ」

口に持って来ていた猪口《ちょこ》を止め、太田は答えた。

「三百人とはなんとも大きくなったものですな。四年前、清巌堂を開かれた時は八丁堀の組屋敷でしたから、せいぜい数十人でしょう。随分と発展されたものです」

小次郎は驚きを禁じ得なかった。

「それだけの塾生を抱えているのは、宮川が塾生を操《あやつ》り、大きな企てをしておることの証《あかし》だ。人数が膨れたのもそうだが、八丁堀で開講しておった時は旗本の子弟が多かったのに、今は町人どもばかりなのも怪しい。今や侍の姿はほとんどない。宮川は無学な町人どもを操る気だ」

最早、太田は宮川を呼び捨てにしている。

宮川が悪事を企んでいると決めつけているのだ。

「最初から疑いの目で見るのはどうかと思いますが。太田さんが宮川さまを怪しむ根拠は、雅恵殿の証言のみですか」

不安を抱きながら小次郎は確かめた。

「よくはわからぬが、知行合一《ちこうごういつ》、とやらが陽明学の信条なんだとよ。なんでも、知っていて何もしなければ、知らないのと同じということだそうだ。清巌堂で宮川は御政道を批判しておる」

不穏なことを太田は言い出した。

「どのような批判ですか」

「海防がなっていないと、町人どもに吹き込んでおるのだ」

ロシアとイギリスの船による近海侵犯に対して、幕府は無策だと宮川は声高に批判している。指を咥《くわ》えている間に日本は西洋の国に蹂躙《じゅうりん》されてしまうのだと受講生の危機感を煽《あお》っているそうだ。

与力の頃から、宮川の舌鋒《ぜっぽう》の鋭さは有名だった。北町奉行所で宮川と議論を戦わせて勝てる者などいなかった。そのため、そもそも宮川と議論に及ぶ者はいなかった。宮川はそれが不満だったようで、相手構わず議論を吹っ掛けていた。与力たちは宮川を避けるようになり、ために宮川は同心詰所に顔を出すようになった。

朝、宮川が詰所に入って来ると同心たちはさっさと町廻りにでかける。このため、宮川さまのお陰で定町廻り、臨時廻りがよく働くようになったと、与力たちの間で皮肉が交わされたそうだ。小次郎も何度か議論を吹っ掛けられた覚えがある。

そんな思いに浸っていると、

「宮川には迷惑したものだ。暇に飽かして同心詰所にやって来てはくだらぬ話をしおった。

適当に返事をして早々に町廻りに出掛けたものよ。緒方は生真面目《きまじめ》だから、長々と相手をしておっただろう」

太田は苦笑混じりに言った。

「そうでしたな。わたしも、宮川さまと話をする内についつい熱くなった覚えがあります」

小次郎にとって北町での最も苦い思い出は、宮川との議論がきっかけであった。定町廻りを外される原因は、同心たちの浄化を提言したことにあった。商人、博徒から袖の下を受け取り、吟味や手入れに手心を加えるのは止めるべきだと奉行に上申したのだが、それは、宮川に焚《た》きつけられての行動だったのだ。

「宮川さまはおっしゃいました。奉行所を浄化しようという考えには、自分も大いに賛同だ。緒方も志を同じくするのなら、そのことを御奉行に上申せよ。ただ考えているだけで、動かなければ何もせぬのと同じじゃ、と、今にして思えば陽明学の知行合一ということなのでしょうが、わたしも乗せられてしまいました。いや、宮川さまにはわたしを焚きつけるつもりなどなく、陽明学の信条から信念を以て、そうおっしゃられただけなのでしょうが」

当時は宮川のせいにする気などなかった。しかし、宮川が何事か悪事を企てているらしいこと、和代がそのために殺されたのかもしれぬことを耳にした今、間違ったことはしていないとはいえ、若干の後悔が生じた。

もっとも、宮川本人も奉行所にはびこる悪しき慣習、商人や博徒から賄賂《わいろ》を受け取り、手入れに目こぼしを施すのを止めさせようとしたのは事実だ。小次郎の上申とは別に、宮川は奉行に直談判《じかだんぱん》に及んだ。しかし、奉行は生返事を繰り返すばかりだった。宮川は北町奉行所内で孤立し、ついには与力を辞した。

宮川が塾生を集め、由比正雪さながらの幕府転覆を目論《もくろ》んでいると仮定したら、その時の恨みからと言えるかもしれない。

そうなると、宮川の企てを放ってはおけない。

由比正雪は大袈裟《おおげさ》にしても、幕政に批判的な宮川だけに何を考えているのか不気味だ。幕府の海防を無策だとけなしていたことを思えば、海防に関する企てなのか。だとすれば、何だ。

塾生を動員して海防を担うとでも、幕府に申し出るつもりであろうか。それなら、悪事ではなく善行だ。

「宮川さまは、御政道を批判して、詰まるところ何をなさろうというのですか」

小次郎の問いかけに、太田はただ眉間に皺を寄せるだけだった。

ここで考えていても結論は出ない。

ふと思いつき、小次郎は問うた。

「ところで、宮川さまは清巌堂の運営費用、いかに工面しておられるのでしょう。与力での蓄えもあったのでしょうが」

「蓄えと申してもな……宮川は奉行所内の浄化を訴えたくらいだし、賂《まいない》を受け取るようなことはなかったのだろうからな」

太田も疑念を口にした。

町奉行所の与力には大きな役得があった。江戸は百万人以上が住む世界的な大都市であったが、その半数は侍である。幕臣の他、参勤で江戸に来ている大名家の家臣たちだ。彼ら諸国の藩士が町人地で町人といさかいを起こした際、穏便にすまされるよう各藩の留守居役は与力に付け届けを贈り、誼《よしみ》を通じていた。また、町役人を務める大店《おおだな》の商人からの付け届けもあり、平均禄高二百石ながら実質千石とも言われている。

宮川は奉行所の浄化を叫んでいた手前、付け届けは受けていなかった。とすると、三百人を超す塾生を誇る塾を維持できているのは、塾生たちから受け取る教授料によるところが大きいであろう。ただ、教授料はあくまで塾生の心付けである。旗本の子弟なら相応の教授料を払えるだろうが、教授料を払ってまで塾生となる町人は多くはないはずだ。太田によると芝に移ってからの塾生は町人ばかりだという。建物の規模にもよるが、三百人の塾生を学ばせる場となると、相当な費用を要するだろう。

宮川の資金源を気にかけながら、

「清巖堂は芝神明宮近くにあるとのことでしたが」

小次郎は問いかける。

「神明宮近くの小高い丘にある。海を一望の下に見下ろせると評判だ。廻船問屋堺屋の寮を提供されたそうだ」

堺屋……

小次郎が首を捻《ひね》ると、太田が堺屋について説明してくれた。大坂に本店があり、三年前に芝で出店を構えたそうだ。

「堺屋と宮川さまはいつから懇意にしておったのですか。宮川さまは与力を辞されてからしばらくは、ご自宅で塾を開いておられましたが」

「そうだった。当初の塾生は宮川の盛名を聞いて陽明学を学びたいと慕い集まった。八丁堀界隈《かいわい》では堅物《かたぶつ》与力を慕う変わり者の集まりと思われていたのだったな」

「そのように記憶しております」

「堺屋から寮を提供されたのは、門人が増え、八丁堀の組屋敷では手狭になったというのが契機だろうな」

「すると、堺屋が宮川さまを知ったのは」

「堺屋の主人太郎左衛門《たろうざえもん》が陽明学を学ぶために入塾してからだ」

太田は言った。

「つまり、太郎左衛門は入塾後に宮川さまを尊敬するようになり、応援したくなったということでしょうね」

「そう、思う。与力を辞めたのだから、援助しても賄賂にはならないという理屈も成り立つ」

太田の考えに小次郎もうなずいた。

三

明くる十六日の昼、小次郎は宇津木市蔵の道場を訪ねた。

宇津木は出稽古に出掛けており、留守であったため、雅恵が応対した。

「文を頂戴《ちょうだい》しながら、参じるのが遅くなりました」

小次郎は腰が重くなってしまったことを詫びた。

「いえ、わたくしこそ、あんな文を出してしまいましたこと、悔いておりました」

いかにも後悔の念に苛《さいな》まれたと言いたげに雅恵は首《こうべ》を垂れた。

「実は、昨日太田殿と一献傾けたのです。その際に、清巌堂の話を聞きました」

小次郎は太田とのやり取りを打ち明けた。雅恵は目元を引き締めつつ言った。

「申し訳ございませんでした。今更、詫びてすむとは思いませぬが、まことに間違ったお誘いをしたのだと思います。あの時、わたくしが和代さまをお誘いしなければ……」

眉間に刻まれた皺が雅恵の後悔を物語っているようだ。

小次郎はうなずき、

「和代を手にかけた者をこの手で捕まえないことには、妻は成仏《じょうぶつ》できないと思ってまいりました。月日が経《た》つにつれ、それに加えて、真実が知りたくなってきております。和代を殺《あや》めたのは何者なのか、そして、何故殺されねばならなかったのか……」

努めて落ち着いて言ったつもりだったが、上ずった声になってしまった。

「わかります」

静かに雅恵は首を縦に振った。

「お話しくだされ。太田殿に、和代は宮川さまに殺された、と漏らされたとのことですが……あ、いや、それは違いますな。正確には清巌堂に関わったゆえ殺されたと申されたのですな」

思案しながらの小次郎の問いかけに、雅恵は責任を感じたのか、顔を上げてしっかりと答えた。

「和代さまは清巌堂で見てはならないものを見てしまったのだと、思います」

「見てはならぬものとは何ですか」

「宮川先生の思いでございます」

雅恵は言った。

「その思いとは」

小次郎は目を凝らす。

はっきりと言わないのは、雅恵もしかとは摑《つか》んでいないからなのか、よほど恐ろしい「思い」、つまり太田が言う由比正雪の如き企てだからなのか。

果たして、

「恐ろしい企てです」

雅恵はぽつりと漏らし、言葉を止めた。語るのを躊躇《ためら》っているようだ。無理に口にさせるのは憚《はばか》られる。しかし打ち明けてくれるよう願いながら、小次郎も黙り込んで待った。

逡巡《しゅんじゅん》の末、意を決したように雅恵は口を開いた。

「救民を掲げておられるそうです」

「救民……」

聞きなれない言葉に小次郎は首を傾げた。

「文字通り民を救うということです。宮川さまは、民の暮らしを守ってこその政であると講義しておられるのです。この世には富める者がいる一方で、今日の食べ物にも窮する貧しき民がいる……政は貧しき者たちを救うためにある、とのお考えを宮川先生は塾生たちに教えておられるのです」

「宮川さまは、海防に対する御公儀の御政道を批判しておられると太田殿より聞きましたが、貧民を救わぬことについても批判しておられるのですね」

小次郎は問い直した。

「御公儀の無策を批難しつつ、宮川さまは、学問を教える傍ら、施しを行っておられます。貧しき民のために炊き出しを行っておられるのです。また、貧しき浪人方のため、一両を上限に貸し付けておられます。無利子、無担保、返済期限も設けておらぬお金です」

「つまり、浪人たちに一両を施すようなものですね。清巌堂はよほど資金が潤沢なのですな」

寮を提供した堺屋が金も提供しているのだろう。だとすると、堺屋太郎左衛門の狙《ねら》いが気にかかる。炊き出し、貸付、貧しき者たちに対する宮川の施行《せぎょう》を太郎左衛門は支援しているのだ。浪人に一両を与えるとは、浪人救済を叫び、彼らを扇動して幕府転覆を企てた由比正雪を改めて想起させる。

太郎左衛門は宮川の施行に共鳴したのであろうが、商人であるからには、何らかの利を目論んでいるのではないか。

施しが利になるとはどういうことなのだろう。すると小次郎の疑問に答えるように雅恵は言った。

「宮川さまは民の心を摑もうとなさっておられるのです」

宮川に加えて太郎左衛門も民心を得たいと思っているのか……

「宮川さまは民の心を摑んだ末に、何をしようと思っておられるのでしょうな」

「由比正雪の如き企てにござります」

雅恵は言った。

太田の考えが正解ということか……

小次郎は真剣に由比正雪の企てについて思いを巡らした。

由比正雪の企てとは、慶安《けいあん》の変の名で知られる幕府転覆計画である。慶安四年（一六五一）、高名な軍学者だった由比正雪は、大勢の塾生を抱え、彼らを扇動して幕府転覆を計画した。当時、大名の改易が相次ぎ、江戸は浪人で溢《あふ》れていた。正雪は彼らの救済を叫び、幕府転覆を企てたのである。

　三代将軍徳川家光が死に、家綱《いえつな》が四代将軍となった。家綱は幼く独自に政はできなかった。そこに付け入る隙を見た正雪は江戸城の火薬庫に火を放ち、混乱に乗じて幕閣を殺害、家綱を誘拐する計画を立てた。

　しかし、実行に移す直前、発覚を怖れた塾生の一人が密告して企てが露見、幕府転覆計画は阻止されたのだ。

　未然に防がれたとはいえ、正雪の企ては幕閣に衝撃を与えた。正雪に呼応したのは食い詰めた浪人たちであった。幕府の体制を強化するため、世継ぎがいない大名を積極的に改易してきた幕府は、これ以降、末期養子《まつごようし》を認めるようになった。末期養子とは、病気危篤に際し跡継ぎがいない大名が急遽《きゅうきょ》相続人を願い出ることだ。つまり、世継ぎの制度を緩め、大名改易を減らすことで、浪人の発生を抑制するようになったのである。

「宮川さまは由比正雪のように御公儀を転覆しようと企てておられるのですか。江戸城に火を放ち、幕閣を殺害、将軍を拉致《らち》する、と……」

　いくらなんでも、あまりにも非現実的である。

由比正雪の頃から百六十年余りが経過している。正雪の企てが起きたのは島原《しまばら》の乱から十三年後、浪人が江戸に溢れ、治安が悪かった。今よりも遥かに荒々しい気風が漂っていたのだ。現在は泰平の世、武士にとって剣術はたしなみとなり、実践されることはない。真剣で立ち合うなど、稀《まれ》であるし、生涯刀を抜いたことなどない武士も珍しくはない。

かろうじて刀を抜くのは、先祖伝来の刀ゆえ手入れを行うときだけという有様である。真剣は重いからと竹光を差している武士すらいるのだ。

そんな泰平に慣れ切った時代に、幕府転覆などは夢物語、軍記物の講談の世界だ。

しかし、雅恵の表情は固い。宮川の企てを真面目に受け止めて危ぶんでいるのだ。頭から否定しては雅恵を不快にさせるだけだ。それでは、詳しい話を訊けなくなる。

「宮川さまの由比正雪の如き企てを和代は知った……と」

小次郎は目を凝らした。

「おそらくは……」

雅恵は声を潜ませた。

「おっしゃるように宮川さまの企てを知ったがゆえに和代が殺されたとしまして、雅恵殿がご無事なのはいかなるわけですか」

雅恵を傷つける問いかけと思いながらも敢《あ》えて訊いた。

「宇津木が清巌堂に寄与しているからだと思います」

「宇津木先生が清巌堂に出入りされているのは、剣術を教授なさっておられるからですか」

「それもありますが、そもそも宇津木が清巌堂に通うようになりましたのは、陽明学を学ぶためでございました」

「ほう、陽明学を」

意外の感に打たれる。

「常日頃より宇津木は、自分の剣が果たして世の役に立つのか、役立てるにはいかにせねばならぬのか、それを自問自答しておったのだそうです。そんな最中《さなか》、宮川さまの陽明学の塾が芝で開講されたのを知り、清巌堂を訪ねたということでした。陽明学を学ぶうち、宇津木は自分の剣がいかにしたら世の役に立つのか知ることができたようでございます」

陽明学に活路を見出《みいだ》したということであろう。

「宇津木は、役に立つとは具体的にどのようなことかは語ってくれませぬが、宮川さまに深く傾倒致しました」

雅恵は言った。

「知行合一、という考えですね」

小次郎の言葉に雅恵はそうですすと静かに返した。間を置き雅恵は続けた。

「わたしは、最近宇津木が怖くなってきています」

「と、おっしゃると」

小次郎は訊いた。

「一人で思い詰めたように黙り込んでしまって、どうしたのかとわたしが尋ねましても、何でもないと答えるばかりで、本心をはぐらかされていると申しますか……。なんだか、とっても不安と恐れを抱かされるのです」

小次郎を見返す雅恵の瞳は潤み、眉間に憂愁の影が差した。小次郎に助けを求めているかのようだ。

「宇津木先生と話をしてみます。本日は出稽古なのでございますね」

「清巌堂へ行っておるのです」

雅恵の声音には期待が滲《にじ》んでいる。すぐにも話して欲しいようだ。小次郎になら、宇津木は本心を語るだろう。そして、雅恵が危惧《きぐ》するように宮川の企てに加わろうとしているのだとしても、小次郎であれば思い止まるよう説き伏せてくれるのではないかと望みを託しているのだろう。

雅恵の期待に応えねばという思いに加え、いやそれ以上に、和代の死の背景を明らかにしたいという小次郎自身の強い思いが胸に湧き上がった。

「では、清厳堂に行ってみます」

小次郎は腰を上げた。

四

その頃、御蔵入改の一人、南町奉行所の元臨時廻り同心大門武蔵《だいもんむさし》は、同じく御蔵入改の一員である幇間《たいこもち》の喜多八《きたはち》と八丁堀の茶店にいた。

歳《とし》は四十一、力士のような巨体に、黒紋付、白衣帯刀、八丁堀同心らしく羽織の裾《すそ》を捲《まく》り上げて端を帯に挟む、いわゆる巻き羽織姿は様になっている。

喜多八はというと、頭を丸め、紫地の小袖を尻はしょりにし、真っ赤な股引《ももひき》を穿《は》き、派手な小紋の羽織を重ねている。扇子をぱちぱちと開いたり閉じたりして落ち着きがない。

縁台に腰かけ草団子を頬張り、

「何か儲《もう》け仕事はないか」

武蔵は喜多八に問いかける。

「あれば、真っ先にお報《しら》せしておりますよ」

喜多八も暇だと嘆いた。

「このところ、御蔵入改の役目もないしな、暇でいかん。身体が鈍《なま》っちまうぞ」

あくびを漏らし、武蔵は大きく伸びをした。

「南町のお役目に精進《しょうじん》なさったらいいでげしょう」

もっともらしいことを喜多八は言ったが、

「馬鹿、おれはな、外されているんだぞ。だから、御蔵入改に回されたんじゃないか」

武蔵はその頭をこつんと叩いた。

喜多八はぺこりと頭を下げる。

そこへ、

「大門の旦那ですか」

と、女から声をかけられた。

美人ではないが愛嬌《あいきょう》のある丸い顔、小太りの身体を弁慶縞《べんけいじま》の小袖に包んだ大年増だ。

「ええ、そうでげす」

武蔵ではなく、喜多八が返事をした。

女は富《とみ》と名乗って、亭主のことで相談に乗って欲しいと頼んできた。

「そりゃ、おやすい御用でげす」

またも喜多八が言い、勝手に引き受けてしまった。武蔵は顔をしかめ、

「おれがここにいるのがよくわかったな」

と、まずはお富に疑問を投げかけた。

「南の御奉行所に相談に行ったんですよ。そうしましたらね、そうした相談事なら大門が丁度いいって、旦那方に言われましてね。で、大門の旦那は八丁堀の鶴《つる》の湯の二階か、八丁堀界隈でぶらぶらしているって、あ、いえ、旦那方がそうおっしゃったんで、お探ししたんですよ。相撲《すもう》取りのようだからすぐにわかるとも言われました……で、すぐにわかりました」

お富の答えに喜多八はくすりと笑った。

確かに相撲取りのような巨体で、八丁堀同心特有の小銀杏《こいちょう》に髷《まげ》を結い、小袖を着流し黒紋付を重ねるという白衣帯刀、紋付の裾を帯に挟んだ巻き羽織とあって、武蔵を知らない者にだって一目瞭然《いちもくりょうぜん》だ。

武蔵は再び顔をしかめ、

「おれ向きの相談事っていうと」

と、問いかける。

喜多八が、

「まあ、お座りくださいよ。お茶でも飲んで、気を落ち着けてから話されたらいかがでげすか」

と気を利かせ、向かいの縁台に腰かけるよう勧め、女中にお茶を頼んだ。お富は向かいに腰を落ち着けるなり、切り出した。

「亭主ったら、ああ、うちの人は伝八《でんぱち》って名前の飾り職人なんです。住まいは芝の神明宮さん近くの長屋です。で、相談事っていうのは、その亭主なんですがね、近頃、怪しいんですよ」

喜多八は女中から受け取ったお茶をお富に渡し、

「そうでげすか、ご亭主、何かよからぬ連中に引っかかったんでげすね。たとえば、博打《ばくち》とか……で、ご亭主をよからぬ連中から助け出して欲しいってお願いでげしょ。それなら、南町の旦那方がおっしゃったように、大門の旦那こそが頼り甲斐《がい》ありってもんでげすよ。大門の旦那は博徒どもに睨《にら》みが利くでげすからね」

またも喜多八は勝手に安請け合いした。

「そうなのか」

武蔵が確かめると、お富は大きくかぶりを振って否定した。

「反対なんですよ」

「反対……」

武蔵が訝しむと、喜多八が身を乗り出し話を聞き出そうとしたが、おまえは黙っていろとばかりに武蔵はその頭を拳骨《げんこつ》で小突いた。喜多八は口を堅く引き結び、黙っていますという心を表現した。

武蔵に促され、お富は話を続けた。

「うちの人、真面目になったんですよ」

意外なお富の言葉に喜多八は首を傾げ、問い直そうとしたものの、武蔵の拳骨を恐れ黙り込んだ。

「真面目になったのなら結構じゃないか」

武蔵が疑問を呈すると喜多八も首を縦に振る。

「世間さまからすればいいことなんでしょうけどね、あたしからしたら心配で仕方ないんです。何しろ、うちの人ときたら、朝から飲んだくれる日も珍しくないというくらいの呑《のん》兵衛《べえ》で、おまけに博打好き、湯屋の二階で賽子《さいころ》博打に興じているってどうしようもない男なんですよ。それがですよ、十日ばかり前から酒も博打もすっぱり止めてしまいましてね。おまけに、仕事の合間を縫っては学問所に通っているんですよ。どっか身体を悪くしたのかと心配したんですが、そうでもないようでしてね。じゃあ気が変になったんだって、思ったんですけど、受け答えはしっかりしているし……旦那、何とかしてくださいよ」

お富はため息混じりに訴える。

「何とかって……真人間になったなら結構なことじゃないか。おれに、元のぐうたら亭主に戻せっていうのか」

武蔵は戸惑いを示したが、

「そうなんですよ、お願いします」

お富はあくまで真面目に頼んだ。

「どうしてだ。飲んだくれ亭主に愛想を尽かしていたんじゃないのか」

「そりゃ、そうなんですけどね」

「じゃあ、むしろ、喜ばしいことじゃないのか」

さっぱりわからんと武蔵は腕を組んだ。お富はぶつぶつと独り言のように言葉を漏らすが、うまく説明できないようだ。ここは自分の出番だとばかりに喜多八が口を挟んだ。

「あれでげしょう。御上《おかみ》さんだって、ぐうたら亭主は嫌に決まっているけど、いざ、真面目になられたら拍子抜けっていうか、狐《きつね》でも憑《つ》いたんじゃないかって、心配なさっているんでげすよね。大門の旦那、女心っていうのは複雑なもんなんでげすよ。真面目亭主を望む一方でいざ本当にそうなられたら、女房としての張り合いを失くしてしまうって、ねえ、御上さん」

訳知り顔で語る喜多八の言葉をお富は受け入れながら、言った。

「ひょっとして学問所に原因があるんじゃないかって、勘ぐっているんですよ」

「何処の学問所だ」

武蔵が問いかける。

「近所にある学問所ですよ。清巌堂って、何やら難しい学問を教えているんです」

「おまえの亭主、難しい学問などわかるのか」

武蔵は失笑した。お富は不愉快がることなく返した。

「わかりゃしませんよ。読み書きだって、かなくらいしかできないんですからね」

「では、どうして清巌堂などというご大層な名前の学問所に通い出したのだ」

「きっかけは、飾り物を納めたことなんですよ。花簪《はなかんざし》なんですがね、うちの人はぐうたらですけど、仕事はできるって評判なんです」

「清巌堂で花簪を気に入られたのか」

「清巌堂は芝の廻船問屋堺屋さんの寮だったんですけど、うちの人は堺屋さんに頼まれたんですよ。そうしましたら、いい品だって堺屋さんに誉《ほ》められて、学問所を覗いていけと強く勧められたんだそうです」

堺屋は伝八の花簪を気に入り、高値で前払いしてまとまった数を新たに注文したそうだ。上得意となった堺屋の誘いを断り切れずに、伝八は渋々顔を出したのだが、意外にも講義はわかりやすくて面白い。おまけに主宰者である宮川清巌が貧しい者へ施しを行っていると知り、大いに感じ入ってしまったのだそうだ。

「宮川清巌というと、ああ、そうだ。北町の与力だった学者だな」

武蔵が言うとお富はうなずく。

「うちの人は単純ですから、偉い先生にいいように騙《だま》されているんじゃないかって心配なんです。ですから、うちの人の目を覚まさせてくださいよ」

お富は拝むようにして頼んだ。

しかし、武蔵は苦い顔で首を横に振る。

「あいにくだが、そりゃ、夫婦の問題だな。十手御用が関わる一件じゃない」

事件性はなさそうだし、金儲けにもならないとあって武蔵は興味を示さない。

「そこを何とか」

「できんな」

素っ気なく武蔵は断った。

「だって、町奉行所は町人の訴えをお聞き届けくださるものじゃないんですか」

唇を尖《とが》らせお富は言い立てた。

「あいにくおれは忙しいんだ」

武蔵はにべもなく右手をひらひら振った。

「忙しいたって、どうせ湯屋の二階でごろごろなさっているんじゃありませんか」

お富は引かない。語調を強め、引き受けてくれるまでてこでも動かないと言い立てた。

武蔵は渋面を作っていたが、ふと思いついたように表情を和らげて言った。

「北町に緒方小次郎という男がいる。おれと違って真面目で親切だ。それに、緒方は北町だから、宮川清厳を知っているぞ。緒方に相談するのがいい。決まりだ、緒方を訪ねろ」

武蔵は横目で喜多八を見た。

心得たとばかりに喜多八も、

「そうでげすよ、緒方さんがぴったりでげすよ。ほんと、あんな実直なお方は珍しい。見てくれも、すらっとした男前でげすしね。容貌《ようぼう》といい仕事ぶりといい、大門の旦那とは正反対でげす」

と、強く勧めた。

「わかりました。緒方って旦那を訪ねますよ。でも、今から北の御奉行所へ行ってもきっと町廻りに出ておられますね」

納得はしたもののお富はどこか不満そうだ。

「柳橋の船宿、夕凪にいるかもしれんぞ。夕凪に顔を出してみろ。緒方がいなくても、荻生但馬ってお侍がいる。荻生さまはな、町奉行所で取り上げない訴えに応じてくださるのだ。緒方は荻生さまの手伝いもしている」

武蔵は面倒事を体よく小次郎に押し付けた。

「ほんとうですか」

希望を見出した様子でお富は両目を見開いた。

「おれも十手を預かっている身だ。町人相手に嘘《うそ》は吐かん」

武蔵は胸を張った。

「わかりました。柳橋の夕凪を訪ねてみます」

お富は表情を柔らかにし茶店を出て行った。お富がいなくなってから、

「くだらねえ。ぐうたら亭主の気まぐれなんか、相手にしてられるか」

武蔵はごろんと横になった。

「ぐうたら亭主が真人間になったってのは、気まぐれでげすかね」

喜多八は危ぶんだが、

「気まぐれに決まっているだろう。その内、元のぐうたらに戻るさ」

武蔵は感心なさそうにあくびをした。

五

但馬は、陽明学に傾倒しているという北村の言葉が引っかかった。失脚した北村は、余生を学問に投じるそうだ。どこまで本気なのかはわからないが、北村が言っていた清厳堂を覗いてみるか、と思った。

お藤が階段を上がってきた。

「あら、お出かけですか」

お藤は残念そうだ。

「そうだが、どうかしたのか」

但馬が問いかける。

「緒方さんを訪ねて訴え人がいらしたんですよ。それで、緒方さんがいらっしゃらなかったら、荻生さまにお取り次ぎ願いたいと……」

「御蔵入改の一件か……うむ、構わぬぞ。急ぐ用事ではないからな」

但馬は腰を落ち着けて訊いた。

「どのような者だ……いや、直接訊いた方がよいな」

「そうですか、それなら、上がってもらいますね」

お藤は玄関に戻った。


女がやって来た。

富と名乗ったその女は芝に住む飾り職人の女房であった。心細いのか、お藤に付き添ってもらっている。お富は、荻生但馬がれっきとした旗本と知り、怖気《おじけ》づいてしまったようだ。

「お富さん、何も遠慮することはないのよ」

お藤は声をかけるが、

「やっぱり、こんな訴え事はとてもお頼みなんかできないよ」

弱気なことを言い出した。

「何を言っているの。せっかく来たんだから、話をしなきゃ。荻生さまはね、お富さんの訴えをお聞きになるため、お出かけになるのを延ばされたのよ」

お藤に言われ、お富は余計に恐縮してしまった。

「なに、気にするな。それより、ここはな、堅苦しく考えないで、何か問題があれば訴えればよいのだ」

やさしく但馬は語りかけた。

ここに至ってお富はようやく語り始めた。

「相談したいのは、うちの人のことなんです」

「飾り職人だそうだな」

お富はうなずくと、

「うちの人、伝八っていうんですけど、ほんと、真面目になってしまったんですよ」

と、顔をしかめた。

「いや、それならよいのではないのか」

当惑し、但馬はお藤を見た。

お藤も、

「よかったんじゃないの」

と、疑問を呈する。

「そりゃ、そうなんですけどね、それがあまりにも人が変わってしまって……」

伝八はとにかく呑兵衛であったそうだ。

「雨だっていうと、朝から飲み、晴れていても二日酔いだと、仕事にゃ行かないって言い出す、ほんと困った亭主だったんです」

　お富は言った。

「続けよ」

　但馬は促す。

「そんな飲んだくれが、すっかり真面目になってしまって。いえ、それは本当にいいことですし、あたしも日頃から真人間になっておくれって、そりゃもう、口を酸っぱくして言っていたんですがね。ああまで人が変わってしまうと、何だか薄気味悪くって……それで、南の御奉行所の旦那に相談したところ、北町の緒方さんがぴったりだってこちらを紹介されたんです」

　途方に暮れて、小次郎と但馬を頼ったということだ。

　正直、但馬は戸惑った。

　要するに夫婦の問題である。それを相談されてもどうしようもないではないかと、但馬は内心で苦笑を漏らした。

　しかし、

「うちの人ばかりじゃないんです。職人仲間も同じようなことになっているんですよ」

　胡乱《うろん》なことをお富は言い添えた。

「どういうことだ」

但馬はようやくのこと、興味を示した。

お富は、伝八が廻船問屋堺屋に花簪を納めた縁で清巌堂に通い始めた経緯を語った。思わぬところで清巌堂の名前を聞いた。それに堺屋だ。堺屋は北村讃岐守の抜け荷を担っていたと噂された廻船問屋である。その堺屋の寮が清巌堂になっているという。北村は清巌堂で講義をすると言っていた。

何かありそうだと、但馬の勘が働いた。

「承知した。あいにく緒方は不在ゆえ、わしが清巌堂を当たってみよう」

但馬が引き受けてくれたことで、お富は安堵《あんど》の表情を浮かべた。丸い顔にふさわしい愛嬌たっぷりの笑みが浮かんだ。

但馬は清巌堂へとやって来た。

菅笠《すげがさ》を被《かぶ》り、空色の小袖を着流し、大小を落とし差しにしている。供も付けず、市中を散策する気ままな旗本といった風だ。

小高い丘に構えられた門の前に立つと海が見渡せる。晴天の下、沢山の帆が海風に揺れている。兎《うさぎ》が飛び跳ねるような白波が立ち、海鳥が飛び交っていた。潮風が鼻孔を刺激し、麗《うら》らかな春光が眩《まぶ》しい。

周囲を黒板塀に囲まれた千坪程の敷地は、廻船問屋堺屋の寮だった。中を覗く。広い庭には大きな釜《かま》が据えられ、粥《かゆ》が炊かれていた。釜の前には椀《わん》を手にした人々が行列を作り、粥を求めていた。

施しが行われているようだ。

彼らに粥を振る舞ったり、釜の火を見張っているのは、堺屋の屋号が染め抜かれた半纏《はんてん》を身に着けた者たちである。

庭の奥に母屋があり、そこで、元北町奉行所与力の宮川清巌が講義を行っているのだろう。出入りは自由だそうで、但馬も止められることなく庭を横切る。施しを受ける男女が口々に宮川を賞賛しているのが聞こえてきた。

母屋に向かおうとしたが、庭の片隅にある鳥居が気にかかった。信心深いわけではないが、手を合わせておこうと足を向けた。住吉《すみよし》大社を勧請《かんじょう》している。廻船問屋なだけに堺屋は海の神を信仰しているようだ。

鳥居を潜ると、堺屋の奉公人たちがいた。但馬を見ると、

「お侍さま、ちょっと、ご遠慮願いたいのですが」

一人が声をかけてきた。

「参拝できぬのか」

石畳の先にある拝殿を見やりながら但馬は不満を滲ませ返した。

「ええ、ただ今、取り込み中でございまして」

男が答えたところで、拝殿の後ろから荷車が出て来た。荷には筵《むしろ》が被せてある。男は但馬から視線を外さない。ここでいさかいを起こすのはよろしくない。但馬は参拝せず、境内を出ると母屋に向かった。

母屋は障子が開け放たれていて、講義の様子が見て取れた。半纏を着た職人風の男たちの姿が多数見受けられる。彼らの中に伝八とその仲間たちがいるのかもしれない。

そして、講義しているのは、何と北村讃岐守であった。北村は羽織、袴《はかま》を身に着け、穏やかな笑みを浮かべている。

但馬は縁側に近づく。

奥に座す北村と目が合った。

北村は笑みをたたえ、中に入るよう身ぶりで促した。但馬は縁側に上がり、座敷に入った。座敷は三十畳の広さで、大勢の男たちが座っている。目につくのは堺屋の屋号が染め抜かれた半纏を着た者たちだ。日に焼けた者ばかりで、屈強な身体つきでもあることから、おそらくは荷揚げ人足たちだろう。

聞くともなく聞いていると、彼らのやり取りが耳に入ってくる。

「寺社奉行さまがおれたちに学問を教えてくださるそうだぞ」

「ありがたいことだな」

男たちは浮き浮きと語っている。北村の講義は好意的に受け止められている。但馬は隅に座り、北村の講義に臨んだ。

北村は脇《わき》に大きな球体を置いていた。

「これが何かわかるか」

北村は一同に問いかける。

「この世を描いた絵図でございます」

堺屋の人足らしい男が答えた。

「その通りじゃ」

北村は笑みを浮かべた。

地球儀である。

「どうした、伝八、ぽかんとしおって」

北村が最前列で畏まっている男に問いかける。半纏は来ているが堺屋の者ではない。お富の旦那のようだ。

「どうして、絵図をそんな丸い物に貼っつけているんですかね。絵図なら、屏風《びょうぶ》みたいなものに描けばいいんじゃござんせんか」

伝八は職人らしくずばりと疑問を口にした。北村は笑みを浮かべ、うなずく。

「よき問いかけじゃ。伝八、よくぞ、そこに気づいたな」

伝八は照れ、頭を掻《か》く。

北村は続けた。

「それはな、この世がこのように丸いからなのじゃ」

伝八は驚きの声を上げた。伝八ばかりではない。伝八の周りの者がざわめいた。伝八の仲間のようだ。対して堺屋の者たちは騒がずに聞き入っている。船に携わる者たちゆえ、この世が丸いとすでに知っているのかもしれない。

「御奉行さま、この世は丸いんですかい。だって、平らじゃないですか。所々、山があって、川が流れて海があるけど、でも丸くはござんせんよ」

伝八は捲し立てた。

堺屋の連中から嘲《あざけ》りの笑いが起きた。

「我らの目からはその通りに見えるな」

北村は言った。

「でしょう」

伝八は堺屋の連中を睨んだ。

「ところがな、この世は丸いのじゃ。縁側に出てみよ。海を見てみるのじゃ」

北村は立ち上がり、大広間を横切り縁側に至った。みなも腰を上げ、外を見る。遥かに広がる大海原に船の帆がちらちらと見えていた。帆は徐々に船の形となる。

「どうじゃ」

北村がみなを見回す。

「どういうこってすかね」

伝八は小首を傾げた。

「この世が平らであったのなら、最初から船の形がわかるであろう」

北村が言うと、

「なるほど」

伝八は手を打った。

「わかったか」

北村が確かめる。

「わかりましたが、そうなりますと、あっしら、立っていられないんじゃござんせんか。

それに、海や川の水はどうなるんです。みんなこぼれちまいますよ」

伝八は仲間に賛同を求めた。仲間もそうだそうだと応じる。

「それはな、そなたらに申してもよくはわからんだろうが、西洋の学者どもの中にはその理由を説く者もおる。この世には引き合う力があるとな」

北村の説明に伝八と仲間はぽかんとなった。

北村は座に戻り、みなにも座るよう命じた。

みなが戻ったところで、

「ところで、この絵図の中で日本は何処かわかる者はおるか」

北村の問いかけに応えられる者はいない。

「伝八、何処だと思う。指差してみよ」

北村に言われ、伝八は地球儀の前に立った。

「何処じゃ」

北村に問われ、

「そうですね。日本は島だって聞いたことがありますから」

伝八は首を捻りながらも、

「ここですかね」

と、指差した。

「そこは、ルソンじゃな」

北村は言う。堺屋の者たちが笑う。

「では、ここですかね」

伝八が次に指差したのはオーストラリアであった。

「実はな、ここなのじゃ」

北村は日本を指差した。

「ええっ……ここですか。こんなに小さいのですか」

伝八は今日何度めかの驚きの声を上げた。

「そう、まさしくここなのだ。四方をな、海に囲まれておるのじゃぞ」

諭すように北村は言った。

「びっくりしましたよ」

伝八は言った。

すると北村がおもむろに目を尖らせた。

「ならば、みなに問う」

その甲走《かんばし》った声は一同に緊張をもたらした。

伝八などは、

「うへえっ」

と、畏《おそ》れ入って平伏《ひれふ》した。

「今、日本の近海を侵しておる、オロシャ、エゲレスであるが、それらの国はこの絵図の何処であると思うか」

今度も、北村の問いかけに応えられる者はいない。

北村は一同を見回し、

「オロシャは、ここである」

と、大きな大陸の一帯を指でなぞった。

またも、どよめきが起こる。

「いかがした」

北村の問いかけに、

「そんなに、すげえ、でかい国なのですか」

伝八は感嘆の声を上げた。

北村は静かにうなずくと、

「では次にエゲレスであるが、それはここにある」

と、日本とは遠く隔たった小さな島を指差した。

「なんだ、日本よりも小さな島ではないですか」

伝八は言った。

「いかにも小さいな」

北村は笑った。

「畏るるに足らずです」

伝八は言ったが、

「そうであろうかな」

鋭い声で北村が諭す。伝八たちは目をむいた。

「なんと、こんな小さな島国のエゲレスがオロシャと伍《ご》して、日本や天竺《てんじく》、清国《しん》にまで至り、それはもう猛威を振るっておるのじゃ」

伝八たちは言葉を失い、ただただ北村を見つめた。

「信じられぬか」

伝八たちは半信半疑の様子で言葉を返せない。

「エゲレスをかくも強い国としたのは交易じゃ。この世の果てまで船を漕《こ》ぎ寄せ、様々な国々との交易により、莫大な利を得ておるのじゃ」

北村は交易がいかに国を富ませるかを語った。伝八たちは感心して聞き入っている。

但馬は危うさを感じた。

北村は塾生たちをたぶらかしている。海防強化という自分の信念を植えつけているようだ。それは、宮川清巌の意志でもあろう。恐らく堺屋の奉公人たちは既に私兵と化している。

それにしても、何故、北村と宮川は町人たちに海防の重要性を説くのだろうか。施行といい、何やらきな臭いものを感じる。

講義が終わり、塾生たちが帰ってから但馬は北村と対した。

「北村先生、大変に面白い講義をなさっておられますな。塾生たちは興味津々《しんしん》で聞き入っておりましたぞ」

但馬が言うと、

「みな勉学熱心で、感心しているのはわしの方じゃ」

北村は満足そうだ。

六

小次郎も清巌堂へとやって来た。

大きな釜で粥の炊き出しが行われている。集まった者たちの椀に杓子《しゃくし》で粥をよそっているのは、紺の道着に身を包んだ宇津木市蔵だった。

宇津木は小次郎に気づき、堺屋の半纏を着た者に炊き出しを任せ近づいて来た。

「町廻りの途中か」

と、宇津木は問う。

「宇津木先生、清巌堂に出稽古に行かれたと雅恵殿より伺いましたのでやってまいりました」

小次郎は言った。

「わしと稽古をしたいのか」

宇津木は穏やかに問いかけた。

「そうではありません。先生は宮川さまとは懇意にしていらしたのですか」

「陽明学に興味を抱いたのだ」

さらりと宇津木は言ってのけた。

「知行合一ですか」

宇津木は曖昧《あいまい》にうなずく。

「そなたも学ばぬか」

「いえ、わたしは遠慮しておきます」

辞を低くして小次郎は断った。

「無理には勧めぬ」

宇津木は口を閉ざした。

「先生、亡き妻のことでお聞きしたいことがあるのですが」

小次郎は本題に入った。

宇津木の目が凝らされた。

「和代は清巌堂に通っておったそうです。雅恵殿が誘ったのだとか」

小次郎は言葉を止めた。

「そのようだな」

宇津木の声音が暗く淀《よど》む。

「和代の死に清巌堂が関わっておるのですか」

ずばり、小次郎は斬《き》り込んだ。

「そんなことはない」

宇津木は否定した。

するとそこへ、

「おお、そなた、緒方であったな」

と、宮川清巌がやって来た。

宮川は髪を総髪《そうはつ》に結い、裁着《たっつ》け袴《ばかま》に黒の十徳《じっとく》というすっかり学者然とした装いだ。

小次郎は元与力に対して一礼した。

「陽明学に興味を抱いたのか」

「そういうわけではございませぬ」

小次郎は首を左右に振った。

「ま、見学なりしてゆけ」

鷹揚に宮川は言った。

「せっかくのお誘いだぞ」

宇津木も言った。

「ならば」

小次郎は母屋に向かった。

大広間では講義が行われている。但馬がいた。講義が終わるのを待った。終了し声をかけようとしたが、但馬は講師の武士と話し始めた。小次郎は母屋から離れ、但馬を待った。

すると、宇津木がやって来て一枚の書付を小次郎の袂《たもと》に入れた。

小次郎は訝しみ、宇津木を見返した。宇津木は目をそらしそそくさと立ち去る。周囲を見回し、誰もこちらを見ていないのを確かめ、小次郎は書付に視線を走らせた。

本日夜四つ(午後十時)、清厳堂の門前にて待つ、とある。

「どうしたのだ」

歩み寄りつつ但馬が問いかけてきた。

小次郎は亡き妻を殺めた下手人探しをしている内に清厳堂について聞いた経緯を語った。

「お頭は何故ここにいらしたのですか」

小次郎は問い返した。

「妙な訴えを持ち掛けられた。おお、そうじゃ、訴人は緒方を訪ねて来たのだ」

と、但馬は伝八の件を語った。

「ほう、それは妙といえば妙ですが、それで、その飾り職人は本当に真人間になっていたのですか」

「えらく真面目に講義を聞いておった。それはそれでよいことなのだがな……講師をしておられた寺社奉行北村讃岐守さまに操られておるようだった」

　但馬は危うさを語った。

「なるほど、それは心配ですね」

「もう少し探るか」

　但馬は言った。

「それについてなんですが、こんなものが」

　小次郎は書付を但馬に渡した。但馬は一瞥《いちべつ》すると、

「やはり、あの社《やしろ》、何かあるのだな」

と、堺屋の奉公人たちから参拝を拒まれた経緯を話してから、

「これは相当に深い闇があるのかもしれぬ」

と、住吉大社を見た。

「わたしもそう思います」

　小次郎はうなずいた。

七

夜四つになり、但馬と小次郎は再び清巌堂にやって来た。二人とも黒小袖に裁着け袴という動きやすい格好だ。但馬は右手に細長い革袋を持っている。西洋剣、いわゆるサーベルだ。但馬は長崎奉行在任中、オランダ商館で西洋の剣術を学んだ。

清巌堂内では篝火《かがりび》が焚かれていた。今は施行は行われていないが、庭には男たちがいた。堺屋の奉公人たちの他、伝八たちもいる。

中心となっているのは北村讃岐守と宮川清巌だった。北村と宮川は男たちから離れ、門の外に出て来た。但馬と小次郎は松の陰に身を潜め、闇に溶け込んだ。

「太郎左衛門はどうした」

北村が宮川に問いかける。

「一両を貸し付けた浪人たちを探しに行ったそうです」

という宮川の答えに、

「確かに人数不足だな。浪人どもはいかがしたのだ」

北村は清巌堂内を振り返ってから言った。

「浪人たち、恩を受けておきながら行方をくらましております。決起の日というに、怖気づいたのかもしれませぬな。それと、宇津木殿も来ておりませぬ。人数が集まるまで決行を待ちますか」

宮川は不安そうだ。

「浪人どもめ……武士としての魂を失ったか」

悔しげに北村は吐き捨てた。

宮川が言う。

「堺屋の者たちが耳にしてきたのですが、この頃、浪人どもは神田《かんだ》にある松岡検校《まつおかけんぎょう》さまの御屋敷に出入りしているようです。松岡検校さまも盛大に施しを行っておられます。浪人どもにも、金を貸し付けておられるようですな」

「浪人ども、松岡検校に尻尾《しっぽ》を振って施しを受けておるということか……とことん情けなき奴《やつ》らだ。そのような者どもを当てにしておったわしが愚かであったわ」

「ならば、企てを中止致しますか」

宮川に問われ、迷うように北村は夜空を見上げた。雲の隙間から月が覗いている。

北村は迷いを吹っ切るように声を大きくして言った。

「今宵、決行だ！」

宮川は門を潜り、

「行くぞ！　狙うは海防の妨げとなる者、寺社奉行辻堂伊賀守《つじどういがのかみ》の屋敷。焼き討ちにするのじゃ」

と、叫び立てた。

伝八たちはおろおろしている。

「そ、そんな……」

仲間たちと怯《おび》えた目を見交わす。

北村と同役の寺社奉行辻堂伊賀守、今最も勢いがあると評判の男だ。その辻堂を敵視するということは、北村の抜け荷を摘発したのは辻堂なのかもしれない。北村は恨みを抱き、辻堂の屋敷を焼き払うつもりなのだ。大名屋敷を焼けば、類焼して大火となる。江戸を大火にしようとするとは、やはり由比正雪の如き幕府転覆を狙っているのだろうか。

但馬と小次郎は清巌堂内の動きに見入った。すると、

「緒方……」

と、囁《ささや》くような声が聞こえた。闇に目を凝らすと宇津木市蔵が立っている。小次郎は但馬に宇津木を紹介した。但馬は宇津木に素性を明かした。宇津木は但馬に一礼してから話し始めた。

「堺屋は莫大な抜け荷品を江戸から運び出そうとしております。抜け荷品は清巌堂内の神社に秘匿しております。寺社奉行辻堂伊賀守さまは、清巌堂内に密偵を入れ、それを突き止めたのです。近々にも大規模な手入れが行われる模様。そこで北村さまは先手を取り、辻堂さまの屋敷を焼くというのです。火付けを伝八たちの仕業と見せかけるつもりのようですぞ」

辻堂の屋敷に火を放ち、その後に伝八たちを斬り、火付けの罪をなすりつけるのだとか。

「宮川さまは北村さまの企てに加担しておられるのですか」

小次郎の問いかけに宇津木は首を左右に振った。

「利用されておる。辻堂さまは海防を妨げる奸物《かんぶつ》だと北村と堺屋から吹き込まれ、信じておるのだ。北村は、伝八たちを扇動した濡れ衣を宮川一人に着せるつもりだろう」

「海防のため、奸物辻堂伊賀守を成敗《せいばい》するのは、宮川さまにとっての知行合一ということですな……ところで、宇津木先生が清巌堂に通ったのは探索のためですか」

だとしたら、誰の依頼なのだと思案しながら小次郎は問いかけた。

「いや、純粋に陽明学を学ぶためだった。ところが、昨年末、雅恵より清巌堂内にある神社に抜け荷品が隠されているようだと聞き、気になって探索を始めた」

宇津木は言った。

「和代は神社内の抜け荷品を見てしまって、命を奪われた、と」

小次郎は唇を噛んだ。

「雅恵はそのように思っておるが、確信はない。確信はないゆえ、ずっと黙っておったようだ。それが、話す気になったのは、わしが以前にも増して清巌堂に足を運ぶようになったのを危惧したからだろう」

「では、清巌堂に関わったゆえ和代は命を奪われたのではない……北村さまの手の者に殺されたとは言い切れぬのですな」

小次郎は残念なようで安堵もした。いずれにせよ、和代殺しの真相は再び霧に覆われてしまった。

清巌堂内では伝八たちが躊躇いを示している。

「火を付けたら、百両やるぞ」

北村が餌《えさ》を投げかけた。

「ひ、百両……」

伝八の仲間が舌をもつれさせながら声を上げた。

その時、

「悪党め、許さんぞ！」

大音声《だいおんじょう》と共に太田助次郎が御用提灯《ごようぢょうちん》を手に走り込んできた。堺屋の奉公人たちが匕首《あいくち》を抜いて太田を囲んだ。

「行くぞ」

但馬は皮袋からサーベルを取り出した。

鞘《さや》と柄《つか》は黄金に輝き、柄と鍔《つば》をつなぐ枠が付いている。反りが少ないのはサーベルならではだ。

小次郎は帯に挟んでいた紫房の十手を取り出して、宇津木にはここで待っていてほしいと頼んだ。逃げ出す者を任せるということだ。宇津木が承知し、但馬と小次郎は門を潜った。

「但馬……」

北村は驚愕《きょうがく》の表情を浮かべた。宮川も小次郎の来襲に驚きを禁じ得ない。

「北村讃岐守、神妙に致せ」

但馬は半身となり、右手で柄を握ると前に突き出した。次いで、左手を腰に添え、さっと腰を落とした。

「西洋剣術を習得するそなたなら、西洋の文物を取り入れるのに異論はなかろう。共に海防に尽くそうではないか」

北村は但馬を懐柔しようとした。

宮川も、

「緒方、これは海防強化のための義挙なのだ」

と、理解を促した。

「宮川さま、目を覚ましてください。海防など関係ない。北村讃岐守は堺屋と組んだ抜け荷の品を守ろうとしておるだけです」

小次郎は静かに返した。

宮川の目が揺れる。

「北村、往生際が悪いぞ」

但馬は間合いを詰めた。

北村は顔をどす黒く染め、

「ええい、奴らを殺せ！」

と、堺屋の奉公人たちをけしかけた。

奉公人たちが匕首や長脇差を手に怒声を放つ。太田の背後に回った男が匕首で突っ込んだ。

咄嗟《とっさ》に、小次郎は十手を投げる。十手は矢のように飛び、男の手を直撃した。男は苦痛に呻《うめ》き、匕首を地べたに落とした。

次いで、小次郎は抜刀する。そこへ敵が殺到してきた。匕首と長脇差が次々と繰り出される。

小次郎は相手の動きを見定め、大刀で受け止める。峰を返し、敵の小手《こて》や鎖骨に狙いを定めて剣戟《けんげき》を加えた。

但馬は一気に北村の間合いに飛び込んだ。

そして、

「覚悟！」

裂帛《れっぱく》の気合いを発すると同時にサーベルを左右に払った。

「おおっ」

恐怖に彩られた目をしながら北村は尻餅《しりもち》をつく。同時に、北村の髷が夜空に舞い上がった。髷が月影を過《よぎ》り、北村の前にぽとりと落下した、北村は両手を頭に持っていき、悲鳴を上げた。

小次郎は太田を横目に見た。

太田は肩や脇腹を負傷し、息が上がっている。群がる敵を迅速に倒さねば危うい。

「ええい」

小次郎は返した峰を戻し、右手で構え直した。次いで、脇差を左手で抜く。

大小を交差させ、敵に向かった。

「秘剣大車輪、今、封印を解く」

言うや小次郎は大小を持つ手首を回転させ、刀を車輪のようにさせながら、群がる敵に斬り込んだ。唸《うな》りを上げる小次郎の刃《やいば》は容赦なく敵に襲いかかった。

敵はさながら車輪に巻き込まれるように斬撃《ざんげき》を食らう。

ある者は腕を、ある者は脚を、ある者は胴を斬られ、一瞬にして地べたでのたくった。

恐怖に駆られた敵は武器を捨てて逃走した。

ところが、その者たちは門外で待機する宇津木に阻まれた。

「緒方、凄《すさ》まじい技であるな」

但馬はサーベルを鞘に戻した。

汗と返り血で濡れそぼった顔で小次郎は言った。

「大勢の悪党相手の捕物のため、編み出したのですが、凄惨《せいさん》過ぎますので封印しておりました」

「なるほど、大門が見たら何と申すかのう」

但馬はしきりと感心した。

小次郎は太田に駆け寄った。幸い、命に別状はないようだ。

北村讃岐守、堺屋太郎左衛門の抜け荷は明らかとなった。幕閣は現職の寺社奉行の罪を穏便に処理しようとしたのだが、表沙汰《おもてざた》になった以上そうもいかず、北村は切腹、太郎左衛門は死罪に処せられた。

宮川清巌は自刃した。

伝八たちは罪を問われることはなかった。伝八は学問からは遠ざかったが、元通り飲んだくれたり、博打に興じたりはせず、真面目に仕事をしているそうだ。

今度こそ、正真正銘の真人間になってくれたとお富は但馬に礼を言った。

「正真正銘の真人間か……」

但馬は三味線を弾きながら笑った。

北村の知は悪行と一体になっていたのだと、但馬はため息を吐いた。

第二話　蕎麦の毒

一

「大門の旦那、松岡検校さまの出世譚《たん》、えらく評判でげすよ」

喜多八が声をかけた。

如月《きさらぎ》（陰暦二月）十日の昼下がり、例によって大門武蔵は鶴の湯の二階で醤油《しょうゆ》問屋蓬莱《ほうらい》屋の隠居、善兵衛《ぜんべえ》と将棋を指している。

「うるさい」

巨体を屈《かが》め、覆い被さるように盤上を睨みながら、武蔵は右手をひらひらと振った。黒紋付を脱いで脇に置き、小袖を腕捲りする熱の入れようだ。今日は珍しく優勢に駒を進めている。相手の王が詰むまでの算段に神経を尖らせ、雑音を遮断したいのだろう。

一方の善兵衛はというと、銀と金を一枚ずつ、その上、角を取られながらも悠然と煙草《タバコ》を吸っている。口から吐き出される紫煙が、劣勢にありながらも余裕を示していた。

「検校とは出世したもんだね」

善兵衛が喜多八に応じた。

話し相手ができ、喜多八は笑みを浮かべて言った。

「なんたって……あれですよ。寺社奉行辻堂伊賀守さまのお引き立てなんですってね。一介の座頭《ざとう》から検校に出世なさったってんですから。しかもですよ、近々、関東総録《かんとうそうろく》検校になりなさるってんですからね。盲人の太閤さまだって、そりゃもう大変な評判でげすよ」

この時代、盲人は互助組織、「当道座《とうどうざ》」に属している。検校は座の最高位である。検校の下には別当《べっとう》、勾当《こうとう》、座頭が置かれた。座をまとめる総検校は京都に置かれ、江戸には関東の「当道座」を管理する総録検校が置かれた。総録検校は十五万石の国持大名と同等の権威と格式を備えている。

位を昇るためには官金と呼ばれる上納金を総検校もしくは総録検校に納める。検校になるには七百両を超す金が必要だ。このため、幕府は盲人には金貸しの特権を認めていた。高利で金を貸し、法外な利益を得ている者も珍しくはない。

ところが、松岡検校が出世したのは蓄財に励んだ結果ではなかった。松岡検校は座頭の頃、松《まつ》の市《いち》と呼ばれ按摩《あんま》をしていた。その腕には定評があったそうだ。松の市は金貸しもしていたが、弱き者、貧しき者には優しく、親切であった。「ある時払いの催促なし」というのが彼の金貸しとしての在り方であったという。

そんな松の市がどうして盲官の最高位、検校になれたのか。それは、寺社奉行辻堂伊賀守持久《もちひさ》と出会ったが故であった。

辻堂持久は、上野国榛名《こうずけのくにはるな》藩八万石辻堂家の八男に生まれた。つまり、部屋住みである。精々、何処かの大名、旗本への養子入りが叶えば儲《もう》けもの、それが叶わなかったら、生涯飼い殺しとなる身の上だった。僅《わず》かな捨扶持《すてぶち》を宛てがわれ、厄介者と見なされながら暮らすことを強いられる定めにあったのだ。

それを物語るように藩邸ではなく、藩が出入り商人から借り上げた新川《しんかわ》の屋敷に住まいし、数人の従者を付けられただけのわびしい暮らしをしていた。

辻堂家は嫡男《ちゃくなん》が家督を継ぎ、次男、五男が健在であった。三男は早世、四男は陸奥国《むつのくに》猪苗代《いなわしろ》藩六万石の大沼《おおぬま》家に養子入りし藩主となっていた。六男は病弱で寝たきり、七男は知能に障害があった。

持久は俊英の誉《ほまれ》高く、また、自身が学問に熱心な上、武芸の鍛錬も怠らないとあって、家中の評判は大層高かった。持久自身は儒学者として身を立てようと思っていた。家臣の中には、持久さまこそが御家を継ぐにふさわしいお方と評する者もあった。同時に、藩主の末弟ではどうしようもないと、その境遇を嘆かれてもいた。

五年前の夏のことだった。

夜更け、朝から書見をしていた持久は肩がこってどうしようもなかった。寝付かれないため、屋敷の界隈を流していた按摩、松の市に、家臣に声をかけさせた。

松の市の腕は確かで持久の肩こりを解消した。実はその日、持久は長兄で辻堂家の当主持尚《もちなお》に学問の道に進みたい旨、申し入れていた。辻堂家を離れ、市井に身を置き、私塾を開いて貧しい民の教育に生涯を捧げたい、と願い出たのだ。私塾で民の教育をしながら、四書五経を極め、幼い頃より研究している日本の歴史や、経世済民について自著を著すことで、学者としての名声を得て、部屋住み暮らしからの脱却をせんと志していた。しかし持尚は、末弟とはいえ辻堂家の連枝《れんし》が御家を離れ、私塾を開くのは、家の体面にかかわると反対した。学者を志すなら、現在の扶持と屋敷を取り上げるとまで言った。

学者への道を閉ざされた鬱憤《うっぷん》が疲労に重なって肩がこっていたのだが、松の市の施術は、張った肩と共に波立った心も解《ほぐ》してくれた。施術中、持久はついつい自分の境遇を嘆き、愚痴を漏らした。松の市は耳を傾け、絶妙な相槌《あいづち》を打った。しかも、肩を解す手が止まることはなく、持久は実に心地のよいひと時を過ごせたのだった。

持久は松の市を気に入り、折に触れ、肩を揉《も》ませるようになる。

一年が過ぎたある夜のこと、

「お侍さまはよい骨相をしておられます」

と、松の市は言った。

持久は松の市に素性を明かしていなかった。松の市も持久が何者なのかを穿鑿《せんさく》することはなかった。

持久は適当に聞き流し、生返事をしただけだった。その日の松の市は珍しく饒舌《じょうぜつ》だった。いつもは専《もっぱ》ら聞き役なのに、自分の考えを熱っぽく語ったのだ。松の市は、持久が類稀《たぐい》な骨相の持ち主であり、その相からして、将来大名となり、しかも、幕府の重職に就くと予言したのだとか。

持久は悪い気はしなかったが、八男という己の現実を思えば、よもや、そんなことにはなるまいとの気持ちから、

「まさかとは思うが、わしが大名になったら、おまえを検校にしてやる。公儀の重職……そうじゃな、当道座を統括する寺社奉行になったら、関東総録検校にしてやろう」

と、戯言《ざれごと》のつもりで約束したのだそうだ。当の松の市は、出過ぎたことを申しましたと詫びたのだった。

ところが、その年の暮れ、藩主持尚が落馬し、首の骨を折って死んだ。辻堂家は持尚が病であると幕府に届け、次男持高《もちたか》が家督を相続する準備を整えた。持尚は表向き病の床にあるまま年を越し、年明けと共に持高が藩主となり、兄の死を公表する、という段取りであった。ところが、持高は急な病《やまい》で死亡、悪いことは続くもので五男持清《もちきよ》も後を追うように急病で死んだ。

残るは六男と七男、それに持久ということになった。辻堂家の重臣たちは祈禱《きとう》師を呼び、念入りにお祓《はら》いをしてもらった上で藩主選定の会議を開いた。

慎重に協議し、六男は病弱、七男は障害があるということで、英明で武芸にも長《た》け、頭脳明晰《めいせき》、壮健な持久こそが家督を継ぐにふさわしいという結論が下された。

持久は新川の小さな屋敷から、芝愛宕大名小路《あたごだいみょうこうじ》にある上屋敷に移った。持尚が落馬事故で死に、一月《ひとつき》と経たずに次男、五男が死亡しての家督相続。運命の急転による慌ただしさから、持久は松の市のことはすっかり忘れてしまった。松の市も、その間、病で寝込んでいて、新川界隈から足が遠のいていた。

松の市は持久が辻堂家の当主となったのを知らないまま、日々を過ごした。新川の屋敷は主《あるじ》不在となっていたが、持久は何処かに引っ越したのだろうとしか思わず、まさか、大名になっていようとは夢想だにしていなかったのである。

藩主就任の一年後、持久は俊英との前評判通り、奏者番《そうじゃばん》となった。そして二年を経た先頃、寺社奉行に昇進した。寺社奉行は老中への登竜門だ。松の市が予言したように、持久は大名となったばかりか、幕府の重職に就いたのである。

その時、持久の脳裏に松の市が蘇《よみがえ》った。家臣に手分けさせ、松の市を探し出したのだった。

「ところが、松の市さんは辻堂さまがご出世なされ、自分のような者が関わってはならないと、遠慮なさったそうですからね、ほんと、欲のないお方ですよ。それを辻堂さまは、約束だ、武士に二言はないと検校になさったそうです」

喜多八は松岡検校を誉めそやした。

「ほんと、松の市さんはいい人だったよ」

善兵衛も応じた。

「いい人だったって……おや、ご隠居、松岡検校さまをご存じでげすか」

喜多八が興味津々の声を上げると、盤上を睨んでいた武蔵も顔を上げた。二人の視線を受け、善兵衛は語った。

「そうだね、五、六年前にはよく肩を揉んでもらっていたんだ。揉んでもらってから、将棋を指したよ。松の市さんは、将棋が強くてね、十局やったら七つまで取られたね」

懐かしそうに善兵衛は目を細めた。

「じゃあ、大門の旦那なら、百局やって一つ勝てばいい方でげすね」

つい、喜多八が本音を漏らすと武蔵は渋面を作った。しまったと失言を悔やみ、喜多八は話題を松の市に戻した。

「へえ、そりゃ、ご隠居も松岡検校さまのご出世、うれしゅうござんしょうね」

善兵衛がうなずくのを横目に、

「そうか、おれも、目を瞑《つむ》って指してみるか」

武蔵は両目を瞑り、

「二、六銀」

と、声を放ったものの、見えないとあっては駒を進めることもできず、結局目を開けて銀を置いた。

すると、善兵衛は武蔵の飛車を取った。

「ああっ、ちょっと」

待ったをかけようと武蔵は慌てる。

「待ったなし、じゃなかったんですか」

善兵衛はからかうようににやりとした。

「待ったはせん」

意地を張り、武蔵は言った。

すると、善兵衛が攻勢に出た。優勢に対局を進めていた武蔵はみるみる不利になっていった。

「待った！　ではない」

悔しそうに退勢を挽回しようとするが焦《じ》れれば焦れる程、追いつめられ、とうとう、

「王手」

善兵衛に王手をかけられ、果たせるかな敗北を喫した。

「ったく、おまえが余計な話をするからだぞ。この、疫病神め」

武蔵は喜多八に八つ当たりをした。

「やつがれに当たらないでくださいよ。それより、松岡検校さま、昔のお約束通り、関東総録検校になるかもしれないそうでげすよ」

喜多八はよほど松岡検校が気になる様子である。

「それにしても、運がいいな。おれなんぞと違って」

武蔵は嘆いた。

「検校さまがですか」

喜多八は訊き返す。

「検校もそうだが、辻堂伊賀守もだ。一生、部屋住みであってもおかしくなかったのに、辻堂家の当主となったばかりか寺社奉行だぞ。世の中には運のいい者がいるってわけだ。運というのは偏《かたよ》るんだな。おれの運は幸運な奴らにみんな持っていかれているんだ」

まるで将棋に負けたのは運のせいだと言いたげに武蔵は不貞腐《ふてくさ》れ、ごろんと横になった。

「でもね、旦那。お天道《てんとう》さまがご覧になっているんじゃござんせんか」

「なんだ、それは」

「辻堂さまは、日頃から学問や武芸に励まれ、ご家来衆からの信望もおありだったんですし、松岡検校さまは、日頃から善行を積んでおられたんでげすよ。金貸しでも、高利を貪《むさぼ》らず、貧しい者にはある時払いの催促なしです。施しも同然でげすよ」

喜多八の反論に、

「ふ〜ん」

感心なさそうに武蔵は鼻をほじくった。

そこへ、按摩がやって来た。鶴の湯の二階に出入りしている菊《きく》の市《いち》だ。

「大門の旦那、揉み解して差し上げましょうか」

菊の市が声をかける。

「ああ、やってもらおうか」

腕枕をしたまま武蔵は返事をした。

菊の市は肩を揉み始めた。

「随分とこっていらっしゃいますね」

「気苦労が多いからな」

武蔵が返すと喜多八は吹き出しそうになり、慌てて手で口を塞《ふさ》いだ。

「おい、もっと、力を入れろ」

武蔵が文句をつけた時、若い男が落語を始めた。噺家《はなしか》を志し前座修行中のようだ。料金を取らず、稽古のつもりで二階の客に聞かせようというのだろう。

噺は近頃評判を呼んでいる、「短命」である。

粗忽《そこつ》な男とご隠居のやり取りで聞かせる噺である。男は出入り先の大店に婿《むこ》養子入りした男たちが次々と死んだのはどうしてだとご隠居に尋ねる。婿養子たちは健康そのものだったからだ。ご隠居は大店のお嬢さんが評判の美人であることから、

「何よりもソバが毒だと医者が言い……」

と、房事過多による衰弱死だと遠回しに教えようとするが、男は鈍くとんちんかんな解釈ばかりしてご隠居を困らせる、そんなやり取りがおかしい噺で、達者な噺家が口演する

と爆笑を誘う。

あちらこちらから笑い声が上がった。武蔵も吹き出し、

「中々、上手《うま》いじゃないか」

と、賛辞を送った。

すると、

「そうですか、ありがとうございます」

菊の市は自分が誉められたと勘違いした。

「馬鹿、おまえじゃない。おまえはもっと上手くなれ。菊の市って名のくせにちっとも効かないじゃないか。菊の市じゃなくて効かない市だぞ」

武蔵はもういいと半身を起こした。

ぺこぺこ頭を下げる菊の市に、

「松岡検校さまの御屋敷でしっかり学び直したらどうでげす」

喜多八が声をかけた。

二

明くる十一日の朝であった。

荻生但馬を訪ね、一人の娘がやって来た。娘は神田三河町《みかわちょう》の油問屋、能登《のと》屋の娘、お紋《もん》である。

年の頃、十七、八の娘盛りだ。値の張りそうな小袖に身を包み、はきはきとした口ぶりで但馬に挨拶をした。

但馬はうなずき、お紋に用件を尋ねた。

「おとっつあんを殺した下手人を捕まえて欲しいのです」

単刀直入にお紋は願い出た。

唐突な申し出に但馬が目をむくと、

「いえ……その、下手人はわかっているのです。ですから、その下手人を荻生さま、退治してください。斬って捨ててください」

年若い娘とは思えない過激な要望を、お紋は言い添えた。

「おいおい、下手人がわかっておるのなら、奉行所に訴えればよかろう」

宥《なだ》めるように但馬は返した。

「御奉行所は、わたしの訴えをお取り上げくださいません」

強い口調でお紋は不満を露《あら》わにした。

「それはまたどうしてだ」

「おとっつあんは、殺されたんじゃなく、病で死んだんだって……御奉行所は判断なさって」

お紋は感極まったようで泣き出してしまった。

但馬はお紋の泣くに任せた。乱れた気持ちが静まるのを辛抱強く待つ。お紋はようやく洟《はな》をすすり上げて言った。

「おとっつあんを殺したのは、お信《しん》です」

目に憎悪の念を溢れさせている。

「お信とは……」

但馬は静かに問いかける。

「おとっつあんの後妻です」

お紋の継母《ままはは》ということだ。

お紋とお信は親子関係がうまくいっていないのだろう。

「どうも、ようわからぬな。最初から順序だてて話してくれ」

じっくりと話を聞いてやる必要がありそうだ。お紋も自分の頼みが要領を得ていないのに気づいたようで、こくりとうなずき、頭の中を整理するように、しばらく口を閉ざしてから説明を始めた。

それによると、お紋の父、源次郎《げんじろう》が死んだのは十五日前、正月の二十七日だった。

その日、源次郎は商いに疲れたことから早めに休んだ。疲労は訴えていたものの、特に変わった様子は見られなかったそうだ。ところが翌朝、布団の中で冷たくなっていた。外傷や毒を飲んだ形跡などもなく、北町奉行所は心の臓を病んだ突然死だとした。

話を聞く限り、事件性はない。北町奉行所が訴えを取り上げなかったのは当然のように思える。

「源次郎は病持ちではなかったのか」

但馬の問いかけに、

「いいえ、おとっつあんはいたって健やか、身体は丈夫でした。風邪《かぜ》も滅多にひきませんでしたし、たとえ熱があっても、玉子酒を飲んで一晩寝れば、明くる日には店に出られていました。突然、ぽっくり逝くなんて考えられないのです」

源次郎の死への疑念を語ってから、お紋はお信について話した。

お信は半年程前、源次郎が後妻に迎えた。三年前、源次郎は先妻、お仲《なか》を病で亡くし、親戚から後妻を迎えるよう勧められていたそうだ。それでも、源次郎は頑《かたく》なに親戚の勧めを拒んでいた。暮らしに不自由は感じていないし、お紋がお仲を深く愛し、その死を受け入れられずにいるのを知っていたからだ。どのような女であろうと、お紋が母親と慕うなどあり得ないと源次郎にはわかっていた。

それが、油問屋仲間と宴を張った際、座敷にやって来たお信に一目惚《ひとめぼ》れしてしまった。お信は柳橋の芸者であった。

「お金目当てですよ。お信は金が欲しくて、おとっつあんをたぶらかしたんです。後妻に納まってしまえば用済みとばかりに、おとっつあんを殺したんです」

泣き腫《は》らした目でお紋は訴えた。

「お信を嫌悪しておるようだが、お信が源次郎を殺した証はあるのか」

努めて穏やかに但馬は訊いた。

お紋は口元を歪め、答えた。

「証なんかなくてもわかります。おとっつあんは、真面目一方の人でした。商い一筋だったのです。そんなおとっつあんをお信はたぶらかし、後妻に納まったのです。娘のわたしから見ても、おとっつあんは女にもてるような男ではありませんでした。話といえば商いのことばっかり、趣味もなくて、遊びも知らない、お芝居も見に行ったことがありません。男前とは程遠くて、小太り……柳橋の芸者が惚れるはずないんです。能登屋の身代目当てなのは誰の目にも明らかです。お信を後妻に迎えるにあたって、親戚中が反対したんですよ」

お紋はお信への怒りをたぎらせるものの、源次郎を殺したという証も根拠もない。

「源次郎は毒を盛られたわけではないのだったな」

静かな口調で但馬は念を押した。

お紋は悔しそうに顔をしかめて、毒殺ではなかったと認めてから言った。

「それはそうなんですが、けれど、決まっています。お信の仕業です」

お信が殺したのではないと理屈ではわかっていても、感情が伴わないようだ。

「しかしな」

但馬は首を傾げる。

「荻生さま、何卒《なにとぞ》、お信を……」

けなげにもお紋は繰り返す。

それには答えず、

「能登屋はどうするのだ。主を失い……」

気になることを但馬は問いかけた。お紋によると、今のところは番頭が店を切り盛りしているとのこと。いずれは親戚筋からお紋の婿養子を迎えることになるそうだ。

「お信はいかに」

但馬の問いかけにお紋は小さく息を吐き、

「能登屋を去ることになりますが、去るに当たって相当なお金を持ってゆくことになりそうです。お信はその金目当てで後妻に納まったのです。まんまと狙い通りになったってわけですよ」

「話はわかった。ともかく、源次郎の死については、調べてみよう」

「ありがとうございます」

お紋は声を弾ませた。

「まあ、待て。よいか、引き受けるからには責任を持って源次郎の死因を明らかにするが、その結果、父の死にお信が関係していなかったとしても、お紋、それを受け入れられるな」

但馬の問いかけに、お紋は首を縦に振る。

「お信が無関係だとは考えられませんが、荻生さまを信頼してのお願いですから、そのお調べの結果は受け入れます」

言葉とは裏腹にお紋は、源次郎の死は突然死ではなく、お信の手によるものと、微塵も疑っていないようだ。

「うむ、その言葉、忘れるでないぞ」

但馬は念押しした。

お紋は泣き腫らした目をしばたたかせ、深々と頭を下げると座敷から出ていった。去る前に、礼金として二十両を差し出した。

入れ違いにお藤が階段を上がってきた。

「お引き受けになられたのですか」

お藤は心配そうだ。

「ああ、引き受けたぞ」

但馬は明確に答えた。

すると一階の格子戸ががらがらと引かれる音が聞こえてきた。

「あら、今度は誰かしら」

お藤は階段を下りていった。

しばらく、お藤は何やら誰かとやり取りをした後、再び上がってきた。

「忙しいことだな」

但馬が呟《つぶや》くと、

「また、ご依頼だそうですよ」

立て続けの依頼者にお藤は戸惑い顔を見せる。

「構わぬぞ」

但馬は応じた。上がって来た中年の女は但馬に挨拶をした。

女が身に着けているのは、地味な弁慶縞の小袖ながら、濃いめの化粧、大きな口には真っ赤な紅を差し、大年増の色香を漂わせている。

どのように暮らしを立てているのかと聞くと、

「囲われ者でございます」

と、言い、染《そめ》と名乗った。

「お染か……囲われておるとは」

お染は神田白壁町《しろかべちょう》の履物問屋宝珠《ほうじゅ》屋の主人頑右衛門《がんえもん》に囲われていた。いたというのは、五日前、頑右衛門はお染の家で突如として死んでしまったからだ。

「あたしが、湯屋に行って戻って来たら、亡くなっていたのです」

声を詰まらせながらお染は話した。

頑右衛門は三日に一度の割合で通って来たという。囲われていた家は宝珠屋から北に一町程歩いた一軒家だそうだ。

五日前の夕暮れ、頑右衛門はお染相手に晩酌をした。その時は上機嫌で元気一杯だった。お染が湯屋に行き、戻って来るまでの半時程の間に急死したのである。

居間で頑右衛門がうたた寝をしていると思ったお染は風邪をひくといけないと、布団をかけようとした。

「すると、鼾《いびき》をかいていないのです……ああ……その……旦那は鼾が凄《すご》くて、旦那が泊ってゆく晩は寝不足になる程なんです。それが、鼾をかいていないので、ほっとしたのも束の間」

布団をかけ、頑右衛門の顔を覗き込むと、鼾どころか寝息も立てていないと気づいた。お染は驚いて頑右衛門の身体を揺さぶった。

しかし、返事はなく、目が開かれもしなかったのだった。

すぐにお染は医者を呼んだ。

医者は最早手の施しようがないと言い、頑右衛門の死を告げた。外傷はなく、毒を飲んだ様子もなかった。突然、心臓が止まったとしか思えないと医者は診立《みた》てたのだった。

但馬の脳裏には嫌でも、つい先程聞いたお紋の父、源次郎の死の話が蘇った。

「旦那は、それはもう丈夫な方なのです。風邪一つ、ひきやしないお方だったんです。亡くなった日も元気一杯でございました。お酒も強くて、あの晩は五合程お飲みになりましたが、一升酒も珍しくなくて、二日酔いになったことがないってことを自慢していたんです。その……一升飲んだ夜だって、寝屋では……」

言葉を止め、お染は目元を赤らめた。寝屋でのお盛んぶりをうっかり口にしそうになったようだ。

「それが突然の死……医者にも死因の見当がつかなかったのだな」

但馬は念押しした。

「それで、あたし」

お染は南町奉行所の取調べを受けた。

お染による毒殺、もしくは扼殺《やくさつ》を疑われたが、同心による検死で、扼殺や毒を盛られた形跡もなかったため、じきに疑いは晴れた。

「頑右衛門の女房は……」

「御上さんは昨年亡くなったんです。それで、御上さんの一周忌を待って、あたしを後妻にお迎えくださるって……でも、あたしは、後妻なんてそんな大それたことは望んでもおりませんでした。大店の主の女房なんてあたしには荷が勝ちますから」

しかし宝珠屋では、お染が頑右衛門をたぶらかし、手切れ金を目当てに殺したのだと考え、息子《むすこ》の小右衛門《こえもん》が奉行所に訴えたそうだ。

「幸い、旦那に毒を盛られた様子はありませんでしたし、どこにも傷などありませんでした。ですから、あたしが殺したという疑いは解けました。ですが、若旦那は、おまえが殺したんだって捲し立ててあたしを苦しめるのです」

頑右衛門は周到な男だったそうだ。お染の存在は店にも親戚にも明らかにし、女房の一周忌後に後妻に迎えると明言していた。しかも、頑右衛門は自分にもしものことがあったなら、お染には家主となっている長屋を与えることと、それとは別に金子五百両を与えることを遺言していたそうだ。

「若旦那はそれが気に食わなくて、あたしには一銭もやらないって、息まいていらっしゃるのだそうです」

お染は嘆いた。

「小右衛門は何としてもそなたを父親殺しの下手人にしたいのだな」

但馬の言葉にお染はうなずいた。

「それで、頼みとは」

但馬が問いかけると、

「旦那は病で亡くなったんだと、明らかにして頂きたいのです」

お染は訴えかけた。

「医者の診立てや奉行所の調べでは小右衛門は納得しないのか」

「はい」

困ったようにお染は首肯した。

すると、

「お染！」

という怒鳴り声が階下から聞こえてきた。

三

お染は怯えたような顔をして、

「若旦那です」

と、言った。

「ちょっと、お止《や》めください」

お藤の声も聞こえる。

お藤の制止を無視して小右衛門は乱暴な足取りで階段を上がってきた。お染を見るや、

「この、人殺しめ」

と、憤怒《ふんぬ》の表情で怒鳴りつけた。

お染はうつむいてしまった。

但馬が、

「控えろ！」

甲走った声で怒鳴りつけた。

小右衛門ははっとしたように固まり但馬に向かって平伏した。但馬が侍だと気づき、畏れ入った様子だ。歳の頃は、二十五、六、細面で痩《や》せた身体つき、いかにも我儘《わがまま》勝手な若旦那といった風だ。

そしておろおろとしながら、

「申し訳ございません」

と、額に汗を浮かべながら詫びてから、ここに踏み込んで来たわけを語った。

小右衛門はお染に男がいると疑っていた。亡き頑右衛門に内緒で男を作り、その男と逢瀬を重ねていると勘ぐり、お染を尾行したのだそうだ。

「それで、この船宿に入りましたので、てっきり男と逢引《あいびき》をしているものだとばかり思いまして……」

小右衛門は逢瀬の現場を押さえようと踏み込んだのだとか。

「それが、大間違いだったようで」

小右衛門は恐縮することしきりで詫びた。

「それはもうよい。そなたも来たとなれば、話は早い。頑右衛門の死について、話を聞こうではないか」

但馬は言った。

「ちょっと、待ってください。お染、おまえは一体……」

何をしに来たのだと小右衛門が問いかけた。

「あたしは、若旦那から旦那を殺したって疑われていますんでね。荻生さまに亡くなられた原因を明らかにして頂くよう頼みに来たんですよ」

と、経緯を語った。

「盗人猛々《ぬすっとたけだけ》しいとはおまえのことだ」

小右衛門はお染を責め立てる。

「あたしは、旦那を殺してなどいません」

強い口調でお染は言った。

「惚《とぼ》けるな」

小右衛門は感情を昂《たかぶ》らせる。

「別に惚けてなどおりません。実際、南の御奉行所でも殺しではないと、はっきりしたことですし。それでも十分にはおわかり頂けていないと思って、荻生さまに真実を明らかにしてくださいと、頼みに来たのです」

「荻生さま……」

小右衛門は視線を彷徨《さまよ》わせた。

「荻生但馬さまはね、御奉行所でお取り上げにならない一件や、例繰方《れいくりかた》に御蔵入りした一件を探索してくださるありがたいお方なんですよ」

お染に言われ、

「ああ、聞いたことがある。そうですか、あなたさまが」

小右衛門はしばらく口をもごもごさせていたが、

「わたしからもお願い致します。親父を殺したのはこの女だってこと、明らかにしてください」

あくまでお染を下手人だという前提で但馬に頼み込んだ。それをお染は苦々しげな顔で見ていたが、

「真実は明らかになりますよ」

と、言い置いて出て行った。

小右衛門は残った。

「丁度よい、お染の言い分は聞いた。そなたの話も聞くのが公平というものだな」

但馬は小右衛門に視線を向けた。

小右衛門は畏まってから語り出した。

「お染は親父《おやじ》の金を目当てに囲われました。いえ、囲われる女はそもそも金目当てなんでしょうし、そのことを悪いとは言いませんし、責めようとも思いません」

小右衛門は言った。

「うむ、先を続けよ」

但馬は促した。

「それで、お染は囲われ、親父は毎月の手当を支払っておりました。月に五十両です」

小右衛門の声には不満が滲んでいる。

「大人しく囲われていればいいものを、あいつは後妻に納まろうとしたんです」

憎々しげに小右衛門は吐き捨てた。

「後妻にな」

但馬は言葉をなぞった。

「あいつは、抜け抜けと宝珠屋の内儀に納まろうとしておるのです」

小右衛門は激高した。

但馬は静かに尋ね返した。

「お染の話では、自分は後妻に納まる気はなかったと申しておったがな」

「確かに後妻に納まる気はなかったと思います。しかし、親父が後妻に迎えようとするまで惚れさせたのは、お染がより沢山の金を引っ張ろうと考えたからです。あいつの手練《てれん》手管《くだ》に親父はまんまと乗せられたのです」

小右衛門はその考えからとんと抜け出せない様子である。

「すると、お染は宝珠屋の内儀の座よりも長屋と五百両が欲しくて、そのために頑右衛門を殺したと申すのだな」

但馬は問いかけた。

「そうなんですよ、そうに違いないですよ」

小右衛門は訴えかけた。

「しかし、頑右衛門の亡骸《なきがら》には毒を盛られた様子もなく、刃物で傷つけられても、あるいは首を絞められてもいない。それは、町奉行所の調べでも明らかであろう」

但馬は言った。

「それはそうなんです。しかし、わたしはやはりお染が殺したのだと思います」

確信めいた物言いで小右衛門は繰り返した。

「しかしな」

但馬は渋面になる。

「毒より恐ろしいものでお染は親父を殺したのですよ」

小右衛門は言った。

「何だ、それは」

但馬は首を捻った。

「何よりもソバが毒だと医者が言い、と言うじゃありませんか」

小右衛門は言った。

但馬はにんまりとして返した。

「つまり、枕を共にし、励み過ぎたということか」

「お察しの通りです。お染は夜毎親父を責めたのです。それで、親父はとうとう心の臓が止まってしまったというわけです」

小右衛門は言った。

「おいおい、それを、本気で申しておるのか」

但馬は笑った。

小右衛門は大真面目に返す。

「お染は、そんな女です」

「かりに、お染が房事をねだり、頑右衛門に無理をさせ、それで死に至ったとしてもだ、それを以てお染に殺しの罪を負わせることはできぬぞ」

嚙んで含めるように但馬は言ったが、

「これは立派な殺しです。親父の前にもお染を囲っていた旦那が死んでいるんです。その時も死因はわからなかったと言います。ただ、噂では夜がお盛んでそれで死に至ったんだって、そんな話になっていたんですよ」

小右衛門は捲し立てた。

「そうは申してもな」

但馬は苦い顔になった。

「お願いします。お染に罪を償わせてください。でないとこの後、あいつのせいで、まだまだ、命を落とす者が……」

小右衛門は言い募る。

「気持ちはわからんでもないがな」

考え込む但馬に、小右衛門が頭を下げる。

「お願い致します」

但馬はふと、

「ところで、能登屋を存じておるか」

と、尋ねた。

「三河町の油問屋ですね」

きょとんとした顔で小右衛門は問い返した。

「そこの主人も亡くなったのだが、死因はわからなかった。頑右衛門と同様の死に様なのだ」

「ほう、そんなことがあったのですか」

「そなたと、特に関わりはないのだな」

但馬の問いかけの意図がわからないようで、小右衛門は困惑を示した。特別に関わりはないようだ。

「正直に申しておく。夜伽《よとぎ》が過ぎたということでは、お染を罰することはできぬ」

但馬は言った。

「ですが、お染は」

不満顔で小右衛門は言った。

「ともかくだ、その件は別にして頑右衛門の死については、探索してみる」

但馬は請け合った。

「よろしくお願い致します」

小右衛門は殊勝に言って帰っていった。


小右衛門が去って、お藤が入って来た。

「厄介な頼み事ですか」

お藤は但馬が冴《さ》えない表情をしていることを訝しんだ。

「厄介といえば厄介であるが」

但馬は窓から外を見やった。

「何やら、曰くありげですね」

お藤も外の景色を見やる。

白梅と紅梅が競うように咲き、風に温《ぬく》もりを感じる。大川の川面は銀《しろがね》を散らしたような輝きを放っていた。船頭の舟唄が青空に吸い込まれていく。春の深まりに身を委ね、但馬は長閑《のどか》な景色に見入った。

お藤に、頑右衛門は房事が過ぎて死に至ったとの小右衛門の疑いを口に出すのは憚られた。

「どうしたんです」

お藤は訝しんだ。

「いや、何でもない」

但馬は三味線を手に取った。

「蕎麦《そば》でも召し上がりますか」

意図したものではないのだろうが、お藤の言葉に但馬は失笑した。

四

明くる十二日の昼、御蔵入改の面々が集まった。

但馬は要領よく能登屋と宝珠屋の一件を書面にまとめ、小次郎と武蔵、喜多八とお紺に届けてあった。喜多八とお紺へのものにはかな文字で記してある。

生真面目な小次郎は船宿にやって来る前に北町奉行所の例繰方に寄り、能登屋源次郎の死についての口書を精読してきていた。

他の者たちも小次郎程ではないにしても、二件の依頼内容は頭に入れてきている。

「能登屋の主人源次郎、宝珠屋の主人頑右衛門の死、どちらも突然の死という点では共通しておるが、両者にこれといって繋《つな》がりは見当たらぬ」

但馬が説明を加えると、

「もう一人、お染が関わった男も突然死を遂げておるのですな」

小次郎が訊いた。

「二度あることは三度ある、と言うが、どうにも気に入らないな」

武蔵は怪しんだ。

すると、

「でも、死因はわからないんでげすよね。ひょっとしたら、あれが過ぎてってことでげしようか」

喜多八は下卑《げび》た笑いを浮かべた。

それを見てお紺が鼻白《はなじろ》む。

「すると、源次郎の女房も相当にあっちがお盛んということだな」

武蔵らしいあけすけな発言だ。

「お頭、ともかく、探索に入りたいと存じます」

真摯な態度で小次郎が申し出た。

「うむ。ならば、緒方は能登屋を、大門は宝珠屋を調べてくれ」

但馬は命じた。

「承知致しました」

小次郎は背筋をぴんと伸ばして返事をした。対して、武蔵は無言で右手を挙げただけだ。

次いでふと思い付いたというように、武蔵が言う。

「だが、やり過ぎで死んだからって、罪には問えないぞ」

その危惧は全員が共通のものである。

但馬がうなずき、

「ともかく、死因に怪しい点があるかどうかをまず確かめよ。お紺と喜多八は能登屋と宝珠屋の評判を聞き回ってくれ」

そう命ずると二人も承知した。

半時後、小次郎は能登屋へとやって来た。何時《いつ》の間にか雲が空を覆い、肌を刺すような風が吹きすさんでいる。三寒四温とはよく言ったもので、昨日のほんわかとした温かさは鳴りを潜めていた。

すぐにお紋が出て来た。

「早速、荻生さまが探索を始めてくださったのですね」

期待に面《おもて》を輝かせ、お紋は小次郎を店の裏手に構えた母屋へと案内した。

「うむ」

軽くうなずき小次郎は母屋に入った。裏木戸から身を入れるとお紋が、

「あれが、お信です」

いかにも憎々しげな眼差《まなざ》しを向けた。

母屋の縁側でお信は三毛猫を膝《ひざ》に乗せ、日向《ひなた》ぼっこをしている。狐目が印象深い、年増女である。

「ああやって、一日中、遊んでいるんですよ」

お紋は吐き捨てるように言った。

「まだ、お信の去就は決まらぬのか」

小次郎の問いかけに、

「揉めているんですよ」

と声を荒らげたお紋によると、お信が要求する金と店側が支払おうという金には相当な隔たりがあるようだ。

「そなたは、婿養子を迎えるのだな」

小次郎が確認すると、

「はい……そうなると思います」

浮かない声をお紋は出した。

「気が進まぬのか」

「仕方ないと思っております」

お紋は特に好いた男はいないようだ。

「店の方はどうなのだ」

「番頭の佐吉《さきち》さんが切り盛りしています。正直、これまでも、佐吉さんがしっかりとおとっつあんを支えてくださっていたので、能登屋は持っていたのです」

佐吉は四十年に亘《わた》って能登屋に奉公しているそうだ。

「練達した商人なのだな」

小次郎の言葉にお紋はうなずいた。

「佐吉の話が聞きたいな」

小次郎が頼んだ。

「わかりました」

お紋は店に呼びに行くと言ってから、

「この近くに茶店があります。そこで、待っていてください」

と、言い添えた。


指定された茶店で小次郎はお紋と佐吉を待った。程なくして、二人はやって来た。佐吉は年の頃なら五十四、五で、白髪《しらが》交じりの頭と額の皺が番頭としての年輪を感じさせる。能登屋の屋号が染め抜かれた前掛けを着けたまま、小次郎に挨拶をした。

縁台に向かい合わせに腰かけた。

「お嬢さん、旦那さまの死についてこれ以上蒸し返すのは……手前は反対でございます。どうかもう、騒がないでください」

佐吉は憂慮を示す。

「どうしてなの。お信が殺したに決まっているわ」

猛然とお紋は抗議した。

「もう、御奉行所の取調べは終わっていますし、旦那さまの野辺の送りも済ませました。今月中には、お信さんもうちから出て行かれるのです」

佐吉はお紋を説得にかかった。ちらりと小次郎を見やるのは、小次郎に賛同して欲しいのかもしれない。

「だからって、わたしは、それで事が済んだとは思っていません」

お紋は譲らない。

「ですがお嬢さん……」

佐吉が困った顔をしたところで、

「北町が源次郎の亡骸を検《あらた》めたのだったな」

口を挟んだ小次郎は、例繰方で確かめた取調べの詳細を思い出していた。

「源次郎の亡骸には外傷も毒の痕跡もなかった。それは、入念な取調べで明らかなことだ」

小次郎の言葉に佐吉はうなずく。

「ですが、おとっつあんはいたって壮健でした。亡くなった日も、疲れたと言って床に就くまではぴんぴんしていたのです」

但馬に訴えたことをお紋は繰り返した。

「お嬢さん、旦那さまは心の臓が突然止まってしまったのです。そうとしか、考えられません」

佐吉は言った。

「突如として心の臓が止まることなどあるの」

　お紋は疑問を投げかけた。

「そりゃ、ありますよ。冬の最中、冷たい川に飛び込んだりして、心の臓に負担がかかったら、止まってしまうことだって珍しくはありません」

　うなずきながら佐吉は答えた。

「でも、おとっつあんは心の臓が悪かったわけでも、水に飛び込んだわけでもないのよ。身体はすごく丈夫だって、佐吉さんだってよく知っているわよね。商いにしか興味がなかったし、特に趣味もなくて、夜遊びもしなかったのよ。そんな無病息災のおとっつあんが、突然死ぬような病だったとは思えない」

「そりゃ、そうですが……その、丈夫でいらしたからこそ、心の臓に負担がかかることもあるのでは、と」

　佐吉は遠回しに、房事が過ぎたと伝えようとした。

　すると、

「要するに、お信との閨事《ねやごと》が過ぎたってことでしょう」

　あっけらかんとお紋は言った。

　これには佐吉も目を白黒とさせ、窘《たしな》める。

「お嬢さま、そのような下衆《げす》なことを……」

「あら、それしきのこと、わたしくらいの年頃の娘なら誰だって知っているわよ」

お紋の言動を気にするように佐吉はちらっと小次郎を見た。お紋も小次郎に、

「おとっつあんに閨事をさせ過ぎということで、お信を罪に問えないのでしょうか」

と訊いた。

「それはなかなか、な」

小次郎もお紋のおませな様子に戸惑いながら答えた。

「いずれにしても、お信を放ってはおけません」

お紋は断固として言った。

「とは言ってもですね」

佐吉は困り顔である。

「それで、佐吉さん。今月中って、お信はいつまでうちにいるの」

不満一杯の顔をお紋は佐吉に向けた。

「それが……」

佐吉は歯切れが悪い。

「どうしたの、お信ったら、どうせ法外な金を要求しているんでしょ」

「まあ、当方の言い分とはずいぶんと隔たりがあるのは確かです」

佐吉が提示しているのは、金三百両の手切れ金であった。

「三百両じゃ不足だっていうの」

呆《あき》れたようにお紋は言った。

「手切れ金五百両に、店の売上の一割を月々、欲しいと申しております」

佐吉が言うと、

「図に乗るのも大概にしてほしいわ」

お紋は怒りをたぎらせた。

「そんなに強気であったのか」

小次郎が問いかけた。

「いえ、旦那さまの葬儀を終えた当方は、お信さんには三百両の手切れ金のみを提示しまして、お信さんもそれで納得なさったのです。それが……」

佐吉は困惑を示した。

「急に強気になったのか」

「はい」

佐吉が返事をしたところで、

「欲深い本性をむき出しにしたのよ」

お紋がけなした。

「何か理由があるのか」

あくまで冷静に小次郎は訊く。

「どうも、宝珠屋さんの一件を耳になさったらしいのですよ」

佐吉は苦い顔をした。

「宝珠屋頑右衛門が死んだことか」

小次郎は胸騒ぎがした。

「そのことをお信はどうやって知ったのだ」

小次郎が問いかけると、

「どうも、按摩さんから聞いたようなのですよ」

佐吉は答えた。

「按摩……」

小次郎が問い直すと、

「久《きゅう》の市《いち》さんという、この界隈を流している按摩さんです。腕がいいと評判ですよ」

佐吉が説明する。久の市は情報通なのだとか。

その久の市はお信のお気に入りで、よく肩を揉んでもらっているそうだ。

「宝珠屋と繋がりはあるのか」

小次郎が問いを重ねる。

「繋がりと言っても、うちも宝珠屋さんも松岡検校さまの御屋敷に出入りさせて頂いておることくらいです」

「松岡検校というと、関東総録検校になると評判の……」

「さようでございます」

松岡検校の屋敷は神田白壁町にある。敷地五千坪を誇り、その中には、盲人たちのために様々な習い事や学問、手に技術を覚えさせるための講堂があるのだとか。

「それは、大したご威勢でございます」

佐吉は、出入りが適ったことでどれほどの利がもたらされるのかを語った。

五

その頃、武蔵は宝珠屋へとやって来て、母屋の座敷で小右衛門と会っていた。

「まこと、南の御奉行所はまったく動いてくださらなかったのですよ」

まずは、小右衛門は武蔵に恨み言をぶつけた。

「だがな、南町じゃなくたってあの状況を見れば、頑右衛門は自然死だと断定するさ」

武蔵は憮然《ぶぜん》とした顔で返した。

「それはそうかもしれませんがね、そこを何とか調べるのが御奉行所じゃござんせんか」

小右衛門は言った。

「まあ、そう言うな。そのための御蔵入改だ」

武蔵は胸を張った。

「しかしね、同じような突然死が三人も立て続けに起きるっていうのはですよ、これはもう、立派な殺しですよ」

「殺しに立派なも何もないものだが、まあ、おまえが疑う気持ちもわからんではない。しかし、証がないことにはな。お染が頑右衛門の命を奪うために共寝を迫ったとしても、それを罪に問うのは難しいな」

「そこを何とか」

小右衛門は拝むように手を合わせ頼んだ。

「ともかくだ。まずはそのお染に会いに行くとするか」

武蔵は立ち上がった。

「ご案内、致します」

小右衛門は勇んで武蔵の案内に立った。

武蔵は神田明神《みょうじん》門前にあるお染の住まいにやって来た。敷地百坪程、周囲に黒板塀が巡り、見越しの松が覗く、いわば典型的な囲われ者の家と言える。

小右衛門は、

「あたしが顔を出すと、喧嘩《けんか》になりますんで、こちらで失礼します。何かあったら、また店に来てください」

と、言い置いて帰っていった。

武蔵は木戸を潜り、庭を通った。縁側から座敷の中が見通せる。お染と思《おぼ》しき女が寝そべっている。

按摩が全身を揉み解していた。

なるほど、お染のこんな様子を見たなら小右衛門は腹を立て、穏やかな話し合いなどできはしないだろう。

武蔵は表に廻《まわ》って、

「御免」

と、訪《おとな》いを入れた。

「は〜い」

けだるそうな声が返される。

次いで、

「どうぞ上がってくださいな」

と、いう言葉が続いた。

武蔵は玄関を上がり、のっしのっしと廊下を進んで居間に達した。お染は按摩を受けながら武蔵を見上げる。武蔵の形《なり》を見て、これは失礼しましたと半身を起こした。按摩も見えない目を向けてくる。

「南町の大門だ」

武蔵はぶっきらぼうに名乗った。

お染は首を傾げながらも挨拶をした。

「本日参ったのは宝珠屋、頑右衛門の死について尋ねたいからだ」

武蔵が切り出すと、

「旦那のことでしたら、南の御奉行所で十分にお話し申し上げましたし、御奉行所のお取調べも済みましたけど。それに、あたしはそれでも得心がいかなかったので御蔵入改の荻生但馬さまにも調べてくださいと、お願いに上がったくらいです。後ろめたいことなんか、何らありませんよ」

不満を滲ませながらお染は返した。

「それはわかっているんだ。頑右衛門の死に不審な点はなかった。それはわかっておるよ……実はな、おれは御蔵入改の一員でもある。ここを訪ねたのも荻生さまに命じられたからだ」

武蔵が打ち明けると、

「あら、そうだったのですか」

お染は頰を緩めた。

お染が警戒を解いたところで武蔵は踏み込んだ。

「もう一人、頑右衛門の前におまえを囲っていた商人が、同じように心の臓が突然停止したそうだな」

お染は動ずることなく答えた。

「神田司町《つかさちょう》の蠟燭《ろうそく》問屋の美濃《みの》屋さんの御隠居ですよ。長兵衛《ちょうべえ》さんとおっしゃいました。本当にお優しい旦那でした」

「長兵衛はいくつだったのだ」

「もう六十二でいらっしゃいました」

お染は歳が災いしているとでも言いたいようだ。

「病がちではなかったのであろう」

「お元気でしたよ……歳に似合わず……」

お染は思わせぶりな笑みを浮かべた。

「なるほどな」

武蔵も下卑た笑いを返す。

「旦那、ひょっとして、あたしがお二人を殺したってお疑いなんですか」

「疑われるような疚《やま》しいところでもあるのか」

「あるわけござんせんよ」

お染は一笑に付した。

「なら、いいんだが」

武蔵は按摩に問うような視線を向けた。

それに気づいたお染が、

「久の市さんとおっしゃいましてね、この界隈じゃ、腕のいい按摩さんだって評判なんですよ」

と紹介すると、久の市はぺこりと頭を下げた。

「ずっと、神田辺りで按摩をやっておるのか」

武蔵が問いかけると、久の市の代わりにお染が答えた。

「久の市さんは松岡検校さまの御屋敷で修業なさったの。江戸の町人地では松岡検校さまが按摩さんたちのいわば縄張りを決めておられますからね。松岡検校さまの御屋敷周辺が縄張りということは、それだけ、腕のいい按摩さんだってことなんです。久の市さんは松岡検校さまに見込まれただけのことはあるんですよ」

お染はすっかり久の市を気に入っているようだ。

「そんなに上手いのか」

武蔵は按摩に興味を抱いた。

「旦那も揉んでもらったらどうです」

お染に言われ、

「そうだな……おれは見ての通りのごつい身体だ。按摩泣かせってよく言われるぞ」

武蔵は自分の手で肩を叩いた。

「是非、ご贔屓《ひいき》にお願い致します」

久の市は笑みを浮かべた。

「よし、早速やってもらおうじゃないか」

武蔵は黒紋付を脱いだ。

久の市は武蔵の背後に回り、

「それでは、つかまらせて頂きます」

丁寧に挨拶をしてから、肩を揉み始めた。

ゆっくりと探るように久の市の指が武蔵の肩を這《は》い回る。

「ずいぶんとこっておられますな」

久の市は言った。

「これでも、気苦労が多いからな。ところで、松岡検校といえば、昨今大層話題を呼んでおるではないか。一介の座頭から検校にまで出世したってな」

武蔵が声をかけると、

「ええ、それはもう、大したお方でございます。ご自分が出世なさったら、あたしら盲人のことも暮らしが立つようにご尽力くださって」

松岡検校への感謝の言葉を久の市は並べた。

「そんなにも慈悲深いのか」

武蔵が問い返すと、

「こうして按摩稼業をやらせてくださるだけでなく、色んな習い事もさせてくださるのです」

久の市は松岡検校がいかに優れた人間なのか重ねて口にした。

「それだけじゃないんですよ」

お染が口を挟む。

武蔵は目を細めた。

評判程ではない。久の市の施術は決して心地よいものではなかった。こり性な上に頑強な身体ゆえ、揉み解すのが大変なのだろうが、この程度の腕の按摩ならいくらでもいる。鶴の湯の二階に出入りする菊の市の方がよほど上手い。力がない上にこった急所を探し当てられず、見当はずれの箇所ばかり揉んでいるのだ。

「松岡検校さまは、按摩さんたちを守ってくださるんですよ」

お染によると、按摩が盗人や辻斬《つじぎ》りなどに遭って、稼ぎや命を奪われないよう守っているそうだ。

「守るとは、どのように」

武蔵は興味を覚えた。

「松岡検校さまの御屋敷に詰めている若い衆が夜回りをなさっているんです」

お染は言った。

「そりゃ、大したものだな」

武蔵は感心してみせた。

「ほんと、あたしら、夜道を歩くの自体は平気なんですが、身の安全となりますと、心配でございましたからね」

久の市は、ありがたいことですと何度もうなずいた。

「もういいぞ」

武蔵は背後の久の市に声をかけた。

「どうですか、少しは楽になりましたでしょうか」

久の市に問われ、

「ああ、解れたぞ、上手いものだな」

心にもない世辞を言い、武蔵は両腕をぐるぐると回した。

六

小次郎は松岡検校の屋敷へとやって来た。

噂以上の豪壮な屋敷に、小次郎は目を見張った。周囲を堀が巡り、高い練塀《ねりべい》が囲んでいる。堀には橋が渡され、表門が開かれていたので、屋敷内を見通せる。正面に大きな講堂があり、講堂を見下ろすように五重の塔が建っている。頂を飾る金色の相輪《そうりん》が曇天を貫いていた。あたかも、松岡検校の威勢を示すかのようだ。

大勢の盲人が講堂に向かって歩いて行く。

ひょっとして久の市もいるのではないかと、小次郎は探そうとした。

すると、

「なんだ、おまえも来たのか」

武蔵がやって来た。

「大門殿、ひょっとして、久の市に目をつけられたか」

小次郎の問いに、

「そうだ。どうして、久の市を知っておるのだ」

武蔵は意外だというように目をしばたたいた。小次郎は佐吉の口から聞いたことをかいつまんで話した。

「そうか、おれはお染の家で久の市に会った。会っただけではなく、肩を揉んでもらったぞ。下手糞《へたくそ》だったがな」

武蔵はぐるぐると肩を回した。

その上で、

「松岡検校、随分と施しを行っているってことだ」

と、久の市とお染から聞いた松岡検校にまつわる話を披露した。

「それは、興味深いですな。特に按摩たちの身辺警護を行っておるというのは……」

小次郎は目を見張った。

「どうもなあ」

武蔵は首を捻った。

「善行も過ぎれば悪行になる、と」

小次郎は呟いた。

そのとき屋敷から出て来た男に武蔵は声をかけた。

「峰吉《みねきち》」

峰吉と呼ばれたのは、着物をだらしなく着崩した、一見してやくざな感じの男であった。

「こりゃ、大門の旦那じゃござんせんか。しばらくです」

峰吉は腰を折った。

「おまえ、松岡検校の屋敷に出入りしておるのか」

「そうですよ」

峰吉は胸を張った。

「何をやっておるのだ」

疑わしげな目をして武蔵は訊いた。

「何って、人助けでさあ」

「おまえがか」

「旦那、あなどってもらっちゃ困ります。あっしゃね、検校さまの御手伝いで座頭さんたちを守っているんですぜ」

「用心棒か。賭場はどうしたんだ」

「北町の手入れで潰《つぶ》されましたよ」

この時ばかりは峰吉も嫌そうな顔をした。

「それで、検校に雇ってもらったってわけか」

「まあ、そういうことで」

峰吉はぺこりと頭を下げた。

「そうか……おまえたち、検校屋敷の中で賭場を開帳しておるのではないか」

武蔵は踏み込んだ問いかけをした。

峰吉はかぶりを振る。

「冗談じゃござんせんや。真面目に働いていますよ」

「怪しいもんだな。なら、どうやって稼いでいるんだ」

「ですから、按摩さんたちをお守りしているんですって。それで、日当を頂いているんですよ」

「おまえ、按摩から稼ぎを分捕っているんじゃないだろうな」

「そりゃ、按摩さんたちからも厚意で多少は頂戴していますがね、ちゃんと検校さまから日当を頂戴しているんです。あこぎなことはしていませんよ」

「そんなことを言いながら、どうせ按摩たちから上前を撥《は》ねているんだろう」

武蔵は突っ込む。

「ですから、してませんって」

峰吉は強く否定した。

ここで小次郎が、

「久の市を存じておろう」

と、問いかけた。

峰吉が訝しんだため、武蔵が小次郎を北町の同心だと紹介した。北町と聞いて峰吉は警戒心を抱いたようだが、渋々答えた。

「久の市さんですか、知ってますよ。大した稼ぎをしていらっしゃいますぜ」

久の市は神田界隈の大店に出入りしていることから、稼ぎが大きいのだとか。

「近々、勾当に出世なさいますぜ」

峰吉は言った。

盲官の位は金を積むことで得られる。久の市はそれだけの稼ぎがあるということだ。

「久の市さんがどうかしましたか」

峰吉は訝しんだ。

「いや、そんなにも稼げるとは大したものだ。大店に出入りできるということは、よほど按摩の腕がいいのだろうな」

小次郎は言った。

武蔵が、

「そんなに大したことはなかったがな。いや、大したことはないどころか、さっきも言ったが下手糞だ。力はないは、壺《ツボ》は外すは、按摩としての才に欠けているんだな。そんな奴がよくも……」

と、くさした。

「そりゃ、旦那の肩は巌《いわお》のようですからね、久の市さんだって、揉み解すのは大変でしょうよ」

峰吉は笑った。

明くる日の夕暮れ、船宿の二階に御蔵入改の面々が集まった。

小次郎と武蔵が各々の探索結果を報告した。二人の報告を受け、

「能登屋と宝珠屋の繋がりは共に松岡検校の屋敷に出入りしていること、そして久の市という按摩の馴染《なじ》みだということだな」

但馬が念押しする。小次郎と武蔵は首肯した。

肩をぐるぐると回しながら、

「おれは、久の市に揉んでもらった。ひどいもんだったぞ」

よほど悔いているのか武蔵は久の市の施術のひどさを蒸し返した。すると喜多八が、

「菊の市より、下手でげすか」

と、鶴の湯の二階に出入りしている按摩の名を持ち出した。

「久の市に比べたら菊の市は名人だ」

渋面で武蔵は返した。

「そいつはひでえや」

　喜多八も顔をしかめた。

　ここでお紺が、

「久の市の評判を聞いたよ」

　と、口を挟んだ。

　小次郎から久の市のことを聞き、お紺自身も能登屋の周辺で聞き込みをしている内に、久の市の存在が気になったそうだ。

「大門の旦那が言ったように、久の市は下手だって評判だね。だから、稼ぎも少なかったそうだけど、ここ半年程、急に羽振りがよくなって、近々勾当になるってんで、按摩さん仲間から不思議がられているそうだよ。本人は、ある大店の旦那が上得意になってくださった、なんて言っているみたいだけど」

「怪しいな」

　武蔵は顎《あご》を掻いた。

　但馬が喜多八に聞き込みの成果を尋ねた。

「やつがれは、柳橋の置屋でお信の評判を聞き込みましたんでげすがね」

　お紋が疑っていた通り、お信は能登屋の身代目当てで源次郎に近づいた。それまでにも、世間知らずの商家の若旦那や旗本の息子をたぶらかしては、醜聞を口実に荒稼ぎをしていたそうだ。

つまり、名うての悪女で、柳橋界隈ではお座敷に出られなくなりそうだったという。

「ですから、芸者から足を洗うにあたって一稼ぎしようってんで、源次郎さんをたらし込んだようでげすよ」

女は怖いと喜多八は肩をそびやかし、

「やつがれも用心しないといけやせんね」

と、言い添えた。

武蔵が冷笑を浮かべ、

「おまえは心配いらないさ。狙われるような金など持っていないんだからな」

これにはお紺も笑い声を上げた。

喜多八はばつが悪そうに扇子を開いたり閉じたりしながら、

「で、お染の方なんでげすが」

と、話題を転じた。

お染は芸者ではなく、玄人《くろうと》の囲われ者だという。

「玄人の囲われ者というと……」

お紺が疑問を口にすると、喜多八が説明した。

「口入屋に斡旋《あっせん》されるんでげすよ」

口入屋に妾《めかけ》として囲ってくれる大店の商人を見つけてくれるよう頼む者たちのことだ。囲われたら、斡旋料を口入屋に払う。

「以前にも蠟燭問屋のご隠居に囲われ、そのご隠居も半年前にぽっくり逝ってしまったんでげすよ」

喜多八はここで言葉を止め、思わせぶりににんまりとした。

「なんだ、勿体《もったい》をつけるな」

武蔵がせかすと喜多八はえへんと空咳《からぜき》をしてから答えた。

「その時も囲われた家には久の市が出入りしていたそうでげすよ」

「これで決まりだな。久の市が絡んでやがるぜ」

武蔵の考えを受け、

「なるほど、当道座では按摩の手技と共に鍼灸《しんきゅう》を学びますな。ひょっとして、鍼《はり》を使ったのかもしれません」

小次郎が言うと、

「違いない。鍼で急所を刺したんだ。殺しの痕跡が残らないはずだ。久の市は鍼を使った殺しでお信やお染から大金をせしめた。その金で勾当の位を買ったんだろう。下手糞な按摩が殺しを請け負って儲けてやがったたってことだ」

　武蔵は舌打ちした。

　但馬も納得の表情を浮かべたが、

「お染がわしの所に来たのはいかなるわけだろうな。頑右衛門の死因を明らかにして欲しいと頼んできたのだぞ」

と、疑問を投げかけた。

　すると武蔵は事もなげに、

「そりゃ、小右衛門が執拗《しつよう》に疑い続けているからだ。あいつにこれ以上の穿鑿をさせまいとして御蔵入改に探索を頼んだ。御蔵入改で調べて、頑右衛門の死に不審な点は見られなかったとなりゃ、それで決まりだからな。大手を振って、頑右衛門がくれるって約束した金子と長屋を貰《もら》えるってわけだ」

　と言い、みなを見回した。

　反論は出ない。

「嫌な女でげすね」

　喜多八は扇子をぱたぱたと動かした。

但馬はうなずき、

「大門の考えに間違いはなかろう。しかし、お染やお信、それに久の市の企てを明らかにするだけの証がない。いかにする」

と、楽しむような笑みを武蔵に送った。

「久の市にぼろを出させればいい。それには、小右衛門の手助けがいる。なに、小右衛門なら喜んで応じるさ」

自信満々に武蔵は言った。

七

明くる日、武蔵はお染の家に乗り込んだ。

「若旦那、まだ、あたしを疑っておられるんですか」

お染は困り顔で言った。

「疑っておるどころではない。近々奉行所に訴え出るそうだ」

真顔で武蔵は言った。

「訴え出る……どんな理由でですか」

不満一杯の顔でお染は問いかけた。

「何よりもソバが毒だと医者が言い……ということだ」

下卑た笑みを武蔵は浮かべた。

「そんなこと……笑ってしまいますよ。房事が過ぎて死に至ったなんて……そんな馬鹿な。御奉行所はそんな馬鹿馬鹿しい訴えをお聞き届けにはなりませんよね」

「それがそうでもないようだな。近頃評判の落語『短命』にもあるように、まぐわい過ぎて命を落とす事例はなくはないからな。そなたが、頑右衛門に同衾《どうきん》を強いたとすれば、殺しと見なされるかもしれない」

「冗談じゃありません。わたしは、嫌々囲われていたんですよ。枕を共にするのは苦痛だったんですから」

「金目当てで囲われたのだな」

「そりゃそうですよ。じゃなきゃ、口入屋に旦那の斡旋なんか頼みません」

お染は唇を尖らせた。

「ならば、金のために我慢していたが、長続きするのが嫌でまぐわいを強いたと解釈されるかもしれんな」

武蔵は肩をそびやかした。

「そんな理不尽な……」

「あ、そうそう。おまえが頑右衛門の前に囲われていた爺《じい》さん、蠟燭問屋美濃屋の長兵衛だったな。頑右衛門と同じように心の臓が突如として止まったということだったが、爺さん、ぼやいていたそうだぞ。毎夜、毎夜、お染に求められて大変だって」

武蔵は鎌《かま》をかけた。

「そんな……出鱈目《でたらめ》ですよ。還暦過ぎのお年寄りですよ。あたしは、労《いたわ》ってさしあげましたよ。滋養のつく食事を支度し、按摩さんだって呼んであげていたんです」

「久の市か」

「そうですよ。旦那もこないだ揉んでもらったでしょう」

責めるような口調でお染は言った。

「ああ、大した腕だったよ。ま、それはともかく、小右衛門の奴、爺さんの身内の証言を摑み、証人を立てて奉行所に訴え出るようだ。そうなると、おまえ、安心はできないぞ」

「言いがかりもいいところですよ。御奉行所は公正なお裁きをなさるんじゃないんですか。まぐわいを強いて命を奪った、そんなことが認められ、罰せられるはずありませんよ」

声を大にして主張するお染であるが、それが却《かえ》ってお染の不安を表している。武蔵は更に不安を煽るように言った。

「地獄の沙汰も金次第ってな……宝珠屋は老舗《しにせ》、代々の主は町役人を務めている。訴えの吟味に当たる吟味方与力とも懇意だ。ましてや、小右衛門はな、訴えが有利に運ぶようにそれなりの袖の下を……」

ここで言葉を止めて、武蔵は黒紋付の袖をひらひらと振った。

「汚いね」

金切り声を上げ、お染は毒づいた。

しばらく、お染は小右衛門と奉行所への悪口を並べたてていたが、落ち着きを取り戻すと武蔵に妖《あや》しげな視線を送ってきた。

「ねえ、大門の旦那、何とかならないかねえ。旦那から与力さまにお染は無実だって、お口添え願えないかしら」

「してやってもいいぞ」

あっさりと武蔵は請け合った。

お染は破顔した。

「但し、それなりの礼金を貰う」

臆面もなく武蔵が要求すると、

「そりゃもちろんだよ。五十両でどうだい」

口調を変えたお染はあからさまに金額を口にした。

「五十両も出すのか。それなら、もっと確実な方法がある」

武蔵はお染を見据えた。

お染はごくりと唾を呑み込んだ。

「小右衛門に訴えさせなけりゃいいんだ」

けろっと武蔵は言った。

「そんなことできるんですか」

お染は口を半開きにした。

「おれが交渉してやる」

「でも若旦那は訴える気、満々なんでしょう」

心配と期待の入り混じった目をし、お染は問いかけてきた。

「つまるところ、小右衛門も狙いは金だ。おまえが、小右衛門に妥協すればいい。欲張らずに小右衛門の望みを聞き入れてやるんだよ」

「どれくらいにすれば……」

お染は渋面となった。

「それは、話し合えばよかろう。小右衛門だって、何も一文もおまえにやらないとまでは思っておらん。おまえが頑右衛門に囲われていたのはまぎれもない事実、ましてや、口入屋も間に入っているんだ。囲い者にそれなりの手切れ金をわたすのは常識だ。それにな、小右衛門とて、親父の囲い女を奉行所に訴え出るなんて、宝珠屋の暖簾に傷がつくと思っているはずさ。妥協できると思うぞ。いや、実はそのつもりで小右衛門の了解は取ってきた。小右衛門は、お染が話し合いに応じるのなら、考えてもいいと申しておった」

「なんだ、そうなんですか。旦那もお人が悪い」

お染は苦笑した。

「ま、欲張らずに、早く次の旦那を見つければいいじゃないか」

気軽に武蔵は言った。

「次の旦那……そうですね」

お染はほくそ笑んだ。

その日の夜、小右衛門はお染の家にやって来た。お染から三百両の手切れ金だけでいいと妥協案が出され、小右衛門は承知した。手打ちが成ったと、お染が酒を振る舞う。

春夜を彩る朧月《おぼろづき》を愛でようと縁側での酒盛りとなった。

「若旦那、お世話になりました」

愛想を振りまき、お染は小右衛門にお酌した。肩の荷が下りた小右衛門も上機嫌に酒を飲んだ。

小右衛門がほろ酔い加減となったところで笛の音が聞こえた。

「久の市さんだ」

お染は腰を上げた。

次いで小右衛門に誘いかける。

「腕のいい按摩さんなんですよ。近々、座頭から勾当に出世なさろうってお方ですからね。どうです、揉んでもらったら」

「そんなに上手いのかい。そうだね、勾当に出世する前に、揉み解してもらおうか」

小右衛門は応じた。

お染は黒板塀越しに久の市を呼んだ。久の市は慣れた様子で木戸を潜り、庭を横切って縁側まで歩いて来た。

「久の市さん、お世話になった宝珠屋の若旦那だよ。あたしが手間賃を払うから念入りに揉んでおくれな」

お染の頼みに久の市は笑顔で応え、縁側を上がる。お染が手を引き、居間に導いた。小右衛門も居間で座った。

「では、つかまらせて頂きます」

久の市は小右衛門の背後に回り、両手を肩に添えた。次いでゆっくりと揉み始める。小右衛門は目を瞑って久の市の手に身を委ねた。

お染は二人の様子を黙って見ている。

「随分とこっておられますね」

久の市が声をかける。

「そうだね、親父に死なれて商いに慣れるのに必死だからね」

小右衛門は返した。

「このこり具合ですと、鍼の方がようござんすよ」

久の市が薦めると、

「鍼は利きますよ」

お染も言い添えた。

「じゃあ、やってもらおうか」

小右衛門は応じた。

久の市は頭陀袋《ずだぶくろ》から鍼を取り出した。鍼灸用の長い鍼だ。お染がにやりと笑った。

久の市の顔に陰惨な影が差した。

左手指で小右衛門の首筋を撫《な》で、急所を探し当てると右手指で挟んだ鍼を刺す。

と、同時に、小右衛門は前方に倒れ伏した。

「おや、あっという間だったね。若旦那、もろいもんだ。呆気《あっけ》なく死んじまったよ。久の市さん、鍼の腕、益々上げたじゃないか」

お染が賛辞を贈ると、

「早過ぎますね。刺すか刺さないかって内ですよ。念のため、もう一刺ししときますね」

久の市は鍼を持ち直した。月光に鍼が妖しく煌《きら》めいた。

その時、

「それまでだ!」

庭の植込みの陰から大音声が上がった。

久の市が見えない目を庭に向ける。お染は腰を浮かした。

武蔵が立ち上がり、縁側まで駆け寄ると雪駄《せった》履きのまま上がり込んだ。

「大門の旦那、はらはらしましたよ」

小右衛門が起き上がった。

「お染、久の市、観念しろ」

武蔵は二人に十手を突き付けた。

お染はうなだれたが、久の市は逃げ出そうとした。武蔵が久の市の襟首を摑んだ。

久の市は当道座を追放され、南町奉行所の裁きに委ねられた。お染とお信も南町奉行所に捕縛され、死罪の沙汰が下された。

久の市の鍼を使った殺しは世間を騒がせたが、何時の間にかお染とお信がまぐわいを強いて、男を腹上死させた毒婦と評判されるようになった。

お紋は父親殺しの真相がわかり、お信への憎悪の念を募らせるかと思いきや、それよりは源次郎への供養だと店の切り盛りに精を出しているという。

江戸中の寄席で、「短命」が高座にかけられ、「何よりもソバが毒だと医者が言い」が流行《はやり》言葉となった。そうなると、その一言を言いたいがためなのか、蕎麦屋が繁盛した。

第三話　世直し酒

一

如月の二十日《はつか》、ぽかぽか陽気に誘われるように、お紺は鎌倉河岸《かまくらがし》にある縄暖簾を潜った。土間に縁台が並べられただけのざっかけない店だ。

明かり取りの窓から春景色が見える。梅は綻《ほころ》び桜が蕾《つぼみ》をつけ、青空を刷毛《はけ》でぼかしたような雲が覆っていた。

お紺は深まりゆく春を感じながら、昼に飲む酒は格別だと縁台に腰を下ろした。お紺と同じ思いなのか根っからの酒好きなのか、店内は半分ほどの席が客で埋まっている。女の一人客は珍しいようで、何人かが酔眼を向けてきた。

お紺は洗い髪を右手でかき上げ、濁り酒を冷《ひや》で頼んだ。肴を選ぼうと店内を眺め回す。

鰆《さわら》の塩焼きの香ばしい匂いにひかれたが、素魚《しろうお》の踊り食いをしている男を見ると食べてみたくなる。酢醤油に浸した生きのいい素魚は春の風物詩だ。

ところが、

「ううっ」

踊り食いをしていた男が呻いた。咽喉《のど》に素魚を詰まらせたようだ。

「馬鹿、慌てるからだよ」

嘲笑《ちょうしょう》と共に仲間が背中をとんとんと叩いた。男は顔を真っ赤にしながら慌てて酒を飲んだ。息を荒らげながら、口を手で塞ぐ。すると、鼻の穴から素魚が飛び出した。

「まいったぜ……飲み込もうと思ったら、暴れやがって。素魚を食べるのは命懸けだな」

自嘲気味に語る男の姿に仲間たちは爆笑した。

春を味わおうと思ったお紺だったが、こんな有様を見ては興醒《きょうざ》めだ。

すると、

「柳蔭《やなぎかげ》をおくれな」

初老の男が注文した。

口調に上方訛《なま》りが感じられる。

若い女中が応対したのだが、

「柳蔭……」

と、首を傾げるばかりだ。

「酒やで」

男は言い添える。

「すみません、うちにはそういうお酒は置いておりません」

申し訳なさそうに女中が詫びた。

「なんや、頼りないな」

不満そうに男が出て行こうとしたところでお紺が女中に言った。

「柳蔭ってね、江戸で言う本直《ほんなお》しよ」

男も、

「あ、そうやった。こっちでは、本直し言うんやった。すまんな、姉ちゃん、直しや」

と、改めて頼んだ。女中は笑顔になってお紺に軽く頭を下げ、調理場に向かった。

柳蔭もしくは本直しとは、焼酎《しょうちゅう》と味醂《みりん》を半々で混ぜ合わせた酒である。通常は冷で飲まれる。特に夏の時節、井戸で冷やして飲むのを好む者が多い。本直しが江戸での名称だが、まどろっこしいと、「直し」で通っている。

男は受け取った直しを美味そうに一口飲んだ。肴は青菜である。白髪交じりの髷は椎茸《しいたけ》の軸のように細いが、浅黒く日焼けした四角い顔は若々しい。鶴のように痩せた身体を唐《とう》桟縞《ざんじま》の着物に包んでいた。

お紺は男に向かって、

「寅《とら》さん、相変わらず直しが好きだね」

と、声をかけた。

男はおやっという顔でお紺を見返す。

程なくして頬が緩んだ。

「なんや、長崎のお紺ちゃんやないか。どうして江戸に……。あんた、仇討《あだう》ちにでもやって来たんかいな」

寅次郎《とらじろう》は軽口《かるくち》を叩いた。

この男、練達のすりである。そのすばしこさから、「猿《ましら》の寅」あるいは猿と寅をくっつけて「猿寅《さるとら》」の二つ名がつけられていた。寅次郎を慕う若いすりたちからは、「猿寅のおっちゃん」と呼ばれている。お紺とは長崎で知り合った。

「ちょいとわけがあってね、長崎から江戸に移ったんだ。寅さんは、今は江戸で稼いでいるのかい」

寅次郎は定住していない。

大坂の生まれだが、気の向くままに旅から旅の日々を送り、各地で稼いでいる。暑い時は陸奥や出羽《でわ》に、寒い時は西海道《さいかいどう》（九州地方）に旅することもあれば、気に入った土地に長逗留《ながとうりゅう》する場合もあった。「浮草」暮らしということだ。

「そういうこっちゃ。江戸で桜を見ようと思ってんのや」

寅次郎は言った。

「羨《うらや》ましいかぎりだね」

お紺が言うと、

「お紺ちゃんからしたら、気楽なもんやと思うかもしれへんけどな、わしはわしなりに苦労してんのやで」

本気とも冗談ともつかない口調で寅次郎は返した。次いで、直しのお代わりをすると、寅次郎はあちらこちらの土地の話を饒舌に語ってくれた。お紺は引き込まれるようにして、聞き入る。

四半時程滑らかな上方訛りで語っていた寅次郎だったが、急に口を閉ざした。どうにも気になったお紺が、

「どうしたの」

と問いかけると、

「いや、どうもないで」

力なく寅次郎は視線をそらした。

「どうもないことはないいんじゃない。寅さん、旅の恥はかき捨てっていうじゃないのさ」

「別に恥とは違うがな」

寅次郎は視線をお紺に戻した。

「だったら、話してよ」

「お紺ちゃんは、お節介な人やな。それに、あんたに話したかてな」

やはり、何か大きな問題を抱えているようだ。そうなると、益々放ってはおけない。

「話すだけでも、気が晴れるものだよ」

お紺は重ねて促した。

「それもそうやな……あんた、ええこと言うやないか」

言いながら寅次郎は懐中から財布を取り出した。印伝《いんでん》の豪華な仕立てである。武士が持ち歩くような財布であり、おそらくはすり取った獲物であろう。

寅次郎は財布を開き、

「これや」

と、一枚の書付を差し出した。

それは陸奥猪苗代藩大沼伊予守《いよのかみ》家の家臣、吉野《よしの》城太郎《じょうたろう》という武士の手による書状であった。猪苗代藩大沼家は譜代六万石、歴代藩主には老中を務めた者もおり、現藩主政清《まさきよ》は京都所司代《しょしだい》、老中昇進が期待されていた。

書状には、江戸市中で無礼討ちにした大工、猪之吉《いのきち》に対する詫び事が綴《つづ》られている。その上で、詫び賃として五十両を遺族に受け取って欲しいと書いてあった。

「わし、猪之吉いう男の遺族に吉野いうお侍が届けようとしてた金、五十両をすってしまったんや」

寅次郎は財布の中をお紺に見せた。小判がぎっしりと詰まっている。窓から差し込む陽光を照り返し山吹色の輝きが放たれた。横目に窺《うかが》っていた者たちが息を呑んだ。無理もない。安酒場には不似合いな大金、飲食する者たちのほとんどが五十両どころか、一両小判も手にしたことはないだろう。日常、庶民が使うのは銭で、金貨となると一朱くらい、精々一分金だ。従って、五十枚の小判は眩しい煌めきを以て彼らの目を射たのである。

お紺は努めて冷静に言った。

「裸で持っているってことは自分の腹を痛めたんだろうね」

「そやろな」

寅次郎はうなずいた。

藩の公金であれば、二十五両の紙包、すなわち切餅《きりもち》の形で持っているはずだ。吉野が猪苗代藩内でどれ程の地位なのかはわからないが、自腹を切ったに違いない。

「寅さん、すったのを悔いているのかい」

憂鬱な顔つきとなった寅次郎を見て、お紺が訊くと、寅次郎は弱々しく首を縦に振って言った。

「猿の寅も歳を取ったって思うてんのやろな。確かに以前のわしやったら、五十両も手に入ったら、今頃は吉原や。いや、五十両散財するんやったら、吉原より品川《しながわ》の遊郭の方が、値段の割にええ女と料理が楽しめるよって、品川で居続けしとるやろうな」

想像したのか寅次郎は頬を緩め、饒舌に語った。

「それで、吉野ってお侍は、今、どうしていらっしゃるの。お偉い方かもしれないけれど、五十両もの大金がすられたら、さぞ困っていらっしゃるでしょう」

続くお紺の問いかけに、寅次郎は表情を強張《こわば》らせた。

「それがな……今朝、藩邸に行って尋ねたら、死んだいうことやった」

こんな書付が入っているとは知らず、寅次郎は品川宿で、江戸での暮らしのために財布をすり、しめしめと思っていたのだとか。

それで、今朝、財布を検めて書付を見つけ、これは容易ならざることになったと、早速猪苗代藩の上屋敷を訪ねたのだという。

「どうして、亡くなったの」

お紺が聞く。

「急な病ということやったが、どうも裏があるような気がしてな」

「大工の猪之吉という男の所在はわかったのかい」

「そんなもん、わかるかいな。江戸は広いで」

寅次郎は嘆いた。

それから、

「まあ、この五十両、使ってしまうのがええのやろうが、どうも、目覚めが悪うてな。なあ、お紺ちゃん、そうやろう。吉野いうお人は猪之吉を無礼討ちしたことを悔いて、この金を遺族に届けようとしたのや。詫び状と共にな。その五十両をわしはすってしまった。無礼討ちにされたからには、猪之吉はすでにこの世の者《もん》やないはずや。残された身内かて、大黒柱を失って苦労してるやろ。なら、この五十両は遺族には大きなもんや。せやから、届けてやりたい。歳を食ったと馬鹿にされるかもしれんけど、仏心いうもんが生まれてきたんやな」

寅次郎はしみじみと言った。

「気持ちはわからないではないわ」

お紺が賛同する。

「ほんでもな、猪之吉いう大工の住まいが見当つかん。猪苗代藩邸では、無礼討ちについて何にも教えてくれへんかった。けんもほろろに追い返されたんや」

「御奉行所で訊いてみたら」

「阿呆《あほ》かいな。わしがこの財布をすりましたって、言うわけにいかんやろう」

寅次郎はかぶりを振った。

「拾ったって言えばいいじゃない」

「そりゃ、そうかもしれへんけど、わしはどうも役人は好かんし、苦手や。役所に行くだけで、虫唾《むしず》が走るわ」

顔をしかめ寅次郎は吐き捨てた。

「そんなこと言ってられないでしょう」

お紺が宥めると、

「あっそうや、ここで会ったのも何かの縁や。あんた、御奉行所で確かめてくれんか」

都合のいいことを寅次郎は言い出した。

次いで、

「頼むわ」

両手を合わせる。

臆面もない寅次郎の言動は昔から変わらない。

「しょうがないわね」

つい呟いてしまうと、

「おおきに、すまんな。ほんま、お紺ちゃんは頼りになるわ」

お紺が承知したと決めつけて、寅次郎は喜んだ。現金なもので、陰鬱な表情は鳴りを潜めてしまった。

「ほんの気持ちや。何でも好きなもの食べてや。酒も飲んでや」

にこにこ顔で寅次郎は勧めたがお紺は躊躇いを見せた。すると寅次郎は、財布を懐中に仕舞い、着物の袂から巾着《きんちゃく》を取り出し、掌《てのひら》に載せる。じゃらじゃらと銭の音が聞こえた。

「すった金で奢《おご》るんやないで。五十両には手ぇつけてへん」

寅次郎は強調した。

「でも、それだって本を正せばすったもんでしょう」

お紺が指摘すると、

「そりゃ、言いっこなしや。これは稼ぎと言うてくれ」

寅次郎はけろっと言った。

お紺に丸投げしたことで気が楽になったのだろう、寅次郎は陽気に言葉を継いだ。

「今、何処にいるの」

お紺が問いかけると、

「馬喰町《ばくろちょう》の商人宿に泊まっているがな」

寅次郎は答える。

「じゃあ、無礼討ちについてわかったら、そこを訪ねるわよ」

お紺が言うと、

「重ね重ね、すまんな」

さすがに寅次郎は恐縮した様子で頭を下げた。

つくづく食えない奴ではあるが、寅次郎は憎めない男だった。

二

明くる朝、お紺は北町奉行所に緒方小次郎を訪ねた。

昨日とは一転して悪天候だ。朝から雨がそぼ降り、寒さもひとしおである。梅は散り、桜の蕾は萎《しぼ》んでいることだろう。

蛇《じゃ》の目傘を差し、奉行所の前で、小次郎が出て来るのを待つ。小次郎はお紺に気づき、近づいて来た。

「お頭から出動命令か」

小次郎の問いかけをお紺は否定し、

「ちょいと確かめたいことがあるんですよ」

と、断りを入れてから、近頃無礼討ちがなかったかどうか訊《たず》ねた。

小次郎はお紺を奉行所に招き入れた。訴訟人でごったがえす待合は避け、同心詰所に案内する。土間に縁台が並べられただけの殺風景な空間だ。定町廻り、臨時廻りの同心たちの控え場所で、憩いの場であると共に町廻りで得た様々な情報を交換する場でもあった。

数人の同心たちが残っていたが、関心を向けてくる者はいない。雨降りを嫌い、将棋や囲碁《いご》に興じている者、二日酔いだと縁台に寝そべっている者など、緊張を欠いた雰囲気の中、屋根を打つ雨音が耳につく。それでも、筆頭同心に促され、渋々ながら三々五々町廻りに出ていった。

詰所ががらんとしたところで二人は縁台に腰かけ、向き合う。

「何日か前、江戸市中で無礼討ちはありませんでしたか」

お紺の問いかけに、

「芝であったが……」

答えてから、小次郎は訝しげな顔をした。お紺はかいつまんで事情を話す。

「ですから、すりはいけないことなんですけど、どうしても、遺族に五十両を届けたいと、寅さんは願っているんですよ」

「まあ、すりは現場を押さえなければならぬからな。本来なら許されないが、拾ったということにすれば、問題はあるまい」

生真面目な小次郎らしくもなく、融通を利かせた。

その上で、詳細を語った。

「無礼討ちがあったのは、芝神明宮の近くであった」

猪苗代藩吉野城太郎は江戸見物の帰り、愛宕大名小路にある藩邸へ戻るのを急いでいた。しかし、いかんせん江戸には不案内である。そこで、藩邸までの道を町人に尋ねた。

尋ねた相手が大工の猪之吉であったのだ。

八《や》つ半（午後三時）とあって当然陽はあったが、猪之吉は酒に酔っていた。腕のいい職人の常として、その日の仕事をさっさと終わらせ、すでに一杯やっていたのだった。

吉野は山深い陸奥は猪苗代の出、しかも国許での暮らしが長く、身分は平士ということもあり、お国訛りが抜けなかった。この時代、大名家によっては、上士の身分にある者には国許の言葉を使わせないことは珍しくない。彼らは国許にあっても江戸城中で使われる武家言葉でやり取りをした。

従って藩内にあっても、お国訛りの者は平士だと蔑《さげす》まれる。江戸市中にあっても町人たちはそのことを承知済みで、お国訛りの侍を田舎《いなか》者と馬鹿にする風潮があった。

「吉野殿はお国訛りで尋ねたのだが、猪之吉は酔っていたこともあり、言葉の意味がわからなかった。それで、何度も確かめている内に、苛立《いらだ》ちを覚え、吉野殿をからかうような言動をしたらしい。浅葱裏《あさぎうら》めなどという罵声《ばせい》も浴びせたそうだ」

浅葱裏とは、江戸の町人が田舎者の武士を馬鹿にする常套句《じょうとうく》だ。勤番侍の羽織の裏地が大抵浅葱色ということから、蔑みの言葉として定着している。

「浅葱裏と田舎者ぶりを蔑まれただけではなく、腰の大小はお飾りか、どうせ竹光なんだろうとまで無礼な言葉を投げかけられるに及び、吉野殿は猪之吉を斬って捨てた、という次第だ」

小次郎は言った。

「酔って暴言を吐いたとはいえ、それくらいでばっさり斬られたんじゃ、猪之吉さんも浮かばれないねえ。身内はさぞ悲しんだだろうね」

これだから侍は嫌いだと、お紺は言いそうになったが、小次郎の手前、思い止《とど》まった。

「尚《なお》、吉野殿の無礼討ちには証人がおった」

この時代、武士といえどむやみに無礼討ち、すなわち斬り捨て御免ができるわけではなかった。酒に酔って町人たちに乱暴を働き、挙句に斬殺に及んだとしたら、無礼討ちと見なされないばかりか、武士にあるまじき蛮行だと死罪に処せられた。しかも、切腹ではなく、打ち首になったという例もある。

「吉野殿と猪之吉のやり取りを、数人の者が目撃しておる」

小次郎は言った。

武士は町人から無礼を働かれた場合には斬り捨て御免が許される。逆に無礼を働かれながら何もしなかったとしたら、武士にあるまじき見苦しい所業だと批難される。大名家によっては、家中で罰せられる。そもそも、罰せられる前に自害する者も珍しくはなかった。町人を無礼討ちにした武士は奉行所に届け出なければならない。決して、斬り捨てたまま放置してはならなかった。奉行所も、果たして正当な無礼討ちであったのかどうか調べる。無礼討ちが成立するか否かの鍵《かぎ》は証人にあった。武士が町人から無礼を働かれた現場を目撃した者がいて、その者からの証言が得られれば無礼討ちは認められる。

吉野城太郎の無礼討ちには証人がいたということだ。

江戸勤番侍と町人とのいさかいは珍しくはない。江戸は人口百万人を数える世界的な大都市だが、その半数は、幕臣と参勤で江戸詰となった各藩の侍だ。また、武家地は江戸の七割を占め、残る三割が寺社地と町人地である。町人も五十万人程いたから、町人たちは狭い土地でひしめいていたということだ。大手を振って往来を闊歩《かっぽ》する武士たちに反感を抱く者も少なくはない。

各藩は自家の藩士が町人と争いを起こすのを警戒していた。各藩とも、外出していい日を月に数日だけ設け、それ以外の日は藩邸内で過ごすよう指導している。藩によっては神田明神祭、浅草三社《さんじゃ》祭、氷川山王《ひかわさんのう》祭といった江戸三大祭りの際は多数の人出があることから、祭見物を禁止していた。

さらには、町人とのいさかいに備え、各藩の留守居役は南北町奉行所の与力に付け届けをし、いさかいの折には穏便に収めてくれるよう誼を通じていた。このため、八丁堀与力は不浄役人と蔑まれ、石高二百石と御目見え以下の御家人身分でありながら、実質千石取りの暮らしぶりであった。

泰平の世なればこそ、武士道というものが重んじられる。武士として恥ずかしい行いは厳に慎まなければならない、と侍たちは躾《しつ》けられる。

「吉野さんの無礼討ちは正当な行いだと見なされたのですね」

お紺は念のため確かめた。

「そういうことだ」

小次郎らしく明確に答えた。

「わかりました。でも、面目が立ったはずなのにおかしいですね」

お紺は吉野が急死したことを小次郎に告げた。

「まことか……」

小次郎は疑わしげな表情を浮かべた。

「急な病か。まさか、この前の一件のように按摩による仕業ではあるまいな」

小次郎は疑念を一層深くした。

「それはさすがにないと思いますよ。でも、大沼さまの御家中は、吉野さんの死を隠したがっているみたいだって、寅さんは言っていましたけど」

「家中の事情がわからぬゆえ、安易な想像はできぬ。吉野殿の死は無礼討ちとは無関係なのかもしれぬからな」

小次郎らしさが戻り、慎重な物言いになった。

「そうでしょうかね」

僅かに失望した顔で、お紺は首を捻る。

まいな」

「お紺が疑うのは勝手だが、まさか、吉野殿の死因を探りたいなどと言い出すのではある

小次郎は声を潜めつつも、強い口調で言った。

それは臆病からではなく、お紺が大名家の揉め事に関わる危うさを心配してのことだ。

お紺にもわかってはいるがもどかしい。

「探りたいですよ、もちろん。ですが、その前に猪之吉さんのお身内に五十両を届けなきゃなりません。猪之吉さんの住まい、調べてくださいな」

お紺は自分の目論見を主張した。

お紺がひとまず吉野の死因を探らないとわかり、小次郎は安堵の表情を浮かべた。

「そうであったな。しばし、待て」

小次郎は例繰方で調べてくると言って同心詰所を出ていった。格子窓の隙間から雨が入ってくる。この雨では、寅次郎も商人宿で大人しくしているだろう。

ややあって、小次郎が戻って来た。

「大工猪之吉の住まいだ」

と、小次郎はそれを教えてくれた。芝神明宮の門前長屋が猪之吉の住まいだとわかった。

「拙者も一緒にまいろうか」

小次郎らしい気遣いを示した。

「いえ、これは、あくまであたしが頼まれたことですから」

さすがにお紺は遠慮した。

「そうか」

それ以上の無理強いを小次郎はしなかった。


お紺は早速、馬喰町の商人宿に寅次郎を訪ねた。

「雨ん中、ご苦労やったな。ほうか、わかったんかいな。そりゃ、ありがたいな」

寅次郎は両手をこすり合わせて礼を言った。

お紺が吉野城太郎による大工猪之吉、無礼討ちの経緯を語った。寅次郎は納得したものの、一方で不満が生じたようで軽く舌打ちをした。

「江戸はやっぱお侍の町やな。ほんま、息苦しゅうてかなわん」

侍が大手を振って闊歩する江戸への不服の言葉を並べた。

「まあ、それはあたしも思うけどさ、どちらにしても、猪之吉さんのお身内に五十両を届けてあげましょうよ」

お紺は寅次郎を宥め、窓の外を見やった。幸い、雨は上がっている。その上、

「ご覧よ、寅さん」

空を見上げ、お紺は声をかけた。

鮮《あざ》やかな虹が架かっている。

「こら、ええ虹やな。気持ちが洗われるで」

表情を和ませ寅次郎は身支度を整えた。

三

お紺は寅次郎と共に猪之吉の住まいへとやって来た。

間口九尺（約二・七メートル）、奥行二間（約三・六メートル）の棟割り長屋である。木戸を入ると、外れた溝板から雨水が溢れ出していた。お紺は両手で着物の裾を持ち上げゆっくりと進む。下駄を履く足指の爪に紅が差され、裏長屋には不似合いな色香が漂った。

猪之吉の住まいは中程にあった。

腰高障子の前に立ったお紺が、

「御免ください」

と、声をかける。

しばらくして、

「はい」

疲れたような女の声が返された。

腰高障子が開けられ、中年の女が顔を出した。

「こちら、猪之吉さんのお宅ですね」

お紺が確かめた。

「ええ、そうですが」

女は警戒心を露わにした。

「実は、ちょっとお話があるんですよ」

警戒心を緩めようとお紺は笑顔になった。

女は女房の米《よね》だと名乗った。

「すんまへんな、ちょっと、込み入った話なんですわ。猪之吉さんのことで……」

お紺の後ろから寅次郎が背伸びしながら言った。お米は軽くうなずき、

「まあ、お上がりくださいな」

二人を家に上げた。

すんまへんな、と寅次郎は切り出し、猪之吉が吉野城太郎に無礼討ちされた一件についい

て話したいと言った。その上で、

「吉野さん、猪之吉さんを無礼討ちになさったのを悔いて、こんな書付と、詫び賃やとこちらの金子を……」

と、吉野の財布をお米の前に置いた。

お米は目をむきつつ財布を手に取った。中の書付を抜き出したものの、字が読めないと恥じ入るように言い、

「後で大家さんに読んでもらいます」

と、財布に戻した。

次いで小判五十両に視線を落とす。

「ご、ご、ご、五十……両」

腰を抜かさんばかりにお米は驚き、やがてそれが怖いものでもあるかのように、そっと財布を板敷に置いた。

「遠慮なく、貰ったらいいんですよ」

お紺が言ってもまだ半信半疑の様子だ。

「夢みたいだね……」

お米が呟くと、

「夢とちゃいまっせ。猪之吉さんが命がけであんさんに残しはった五十両ですがな」

寅次郎は財布を取り、再びお米に握らせた。

お米は何度か首を縦に振った。

本当に五十両が手に入ると実感できたのか笑顔になった。

「うちの人、どうしようもない飲んだくれだったけど、最後にいい事をしてくれたもんだね」

「猪之吉さん、大工の仕事ぶりはどうだったんですか」

お紺が問いかけると、

「それがね、腕はいいって大工仲間は言ってくれていたんですよ。ただ、頑固で口出しされるのが大嫌い、おまけに喧嘩っ早くて酒癖が悪いのが玉に瑕《きず》ってとこですかね。いつも飲んだくれて帰って来たもんだから、年中、銭がなくって」

ぼやいている内に感極まったのか、お米は涙を滲ませた。

「腕はいいっていうと」

お紺が問いを重ねる。

「からくりものが得意で、芝居の舞台なんか任されていましたよ」

「舞台のからくり言うと、背景の書割《かきわり》が回転する田楽《でんがく》返しかいな」

寅次郎が返すとお米はうなずいた。

次いで、思い出したように、

「大工仕事のことはあんまり話してくれませんでしたけど、無礼討ちにされた日の前の晩、良い仕事をしたと褒められたって、うれしそうに言っていました。それで、芝神明宮の夕《ゆう》月《づき》って値の張るお店で御馳走《ごちそう》になるって……夕月はおれたち半纏着《はんてんぎ》には敷居の高い高級な店なんだぞって、威張ってましたね。それで、その日は休みだったのに珍しく酒を飲んでいなくて……夕月で美味い酒を飲むんだって、楽しみにしていたんですけどね」

語ってからお米はため息を吐いた。

猪之吉は夕月からの帰りに無礼討ちに遭ったということだろう。

「滅多に飲めない高いお酒を飲み過ぎて、悪酔いしちまったんじゃないですかね」

しんみりとお米は言い添えた。


猪之吉の家を後にした。

「猪之吉、酒癖の悪い男やったんやな」

寅次郎は路傍の石ころを蹴飛《けと》ばそうとしたが、雨でぬかるんでいるため、足を止める。

「そうね、それを考えると、吉野さんが無礼討ちにしたと北の御奉行所が裁許したのは間違ってなかったってことかもね」

お紺の考えを受け入れながらも、

「そやな。でも、ほんなら、何で吉野さんは死にはったんやろ。ほんまに急な病なんやろか」

寅次郎は疑問を呈した。

「わからないわね」

お紺もその点は気になって仕方がない。

「夕月へ行ってみよか」

寅次郎が言った。

「そうね」

お紺は賛同したうえで、

「今から行っても、料理屋はかきいれ時やから話は聞けんやろ。明日にしよか」

という寅次郎の考えにも反対しなかった。

四

そんな二人とは別に小次郎も吉野の死に関心を抱いていた。按摩による殺しがあっただけに、死因が不明なことが気にかかった。

明くる朝、北町奉行所に出仕すると、無礼討ちを調べた同心から詳細を聞いた。すると、意外な事実がわかった。猪之吉は猪苗代藩邸の普請《ふしん》に携わっていたというのだ。更に、吉野は普請方の役人であったという。

すると、吉野と猪之吉は顔見知りだった可能性が高い。そこで、無礼討ちを証言したのは誰か調べたら、猪苗代藩の国許から呼び寄せた大工だとわかった。

猪之吉が吉野を罵倒《ばとう》したのは、道を尋ねられ、お国訛りが聞き取り辛く、田舎侍への苛立ちからであったと、例繰方の口書には記されていた。もしや、それは事実ではないのかもしれない。

猪苗代藩邸の普請において、吉野と猪之吉の間に何か遺恨が生じたのではないか。取調べに当たった同心は、無礼討ちの場に居合わせた大工たちの証言を与力に報告した。同時に、吉野は猪苗代藩の普請方であり、猪之吉だけでなく証言した大工たちも普請に従事していたこと、猪之吉以外の三人は国許から呼び寄せられた者たちだとも上申していた。つまり、小次郎が聞いた内容と一致する。

　ところが、与力は猪之吉が吉野を罵倒したという証言のみを採用して、無礼討ちだと奉行に言上したのだった。いさかいのきっかけとなった、吉野から猪之吉への問いかけは藩邸への帰路だったという口書の記述も怪しい。

　吉野が猪之吉を無礼討ちにしたのを後悔していたらしいことが、不審の度合いを強めもする。

　そして、小次郎が何とも言えず疑念を抱いたのは、猪之吉が負わされた刀傷である。無礼討ちは必ずしも一太刀で仕留めるものではないが、太刀傷《たちきず》は二つあったそうだ。猪之吉は一太刀めを背中に受けていた。右肩から背中にかけての浅手であったという。致命傷となったのは、正面に残った袈裟懸《けさが》けの一太刀だった。こちらは、猪之吉の左肩から右脇腹にかけて一直線に斬り下げられた見事な斬撃痕である。

　吉野は逃げようとした猪之吉に追いすがって背中から斬りつけ、振り向いたところを袈裟懸けに仕留めたのだろうか。

　よほど激情に駆られていたから、思わず背中から斬ったとも考えられるが、丸腰の町人相手に卑怯《ひきょう》ととられかねない斬撃である。武士にあるまじき所業だ。

無礼討ちの陰に間違いなく何かあると確信した。

小次郎は芝愛宕大名小路にある猪苗代藩邸を訪ねた。町奉行所の同心のごとき身分では、追い返されても文句は言えないのだが、日頃、勤番侍と町人のいさかいなどで町奉行所には面倒をかける場合があるため、邪険にはされない。加えて吉野の無礼討ちでは北町奉行所に世話になったとあって、番小屋ではあるが邸内に通された。

やって来たのは、吉野の上役、普請奉行武藤圭太《むとうけいた》である。裃《かみしも》に威儀を正し、小次郎と向かい合った。

「北町の同心殿ですか」

武藤は歳の頃、三十五、六、丸顔に小太りの身体、武士というより大店の商人風の物腰柔らかな男だった。

小次郎は挨拶をし、吉野城太郎殿について話が聞きたいと切り出した。

「吉野ですか……残念なことになりましたな」

武藤は唇を噛んだ。

「十日前、大工猪之吉を無礼討ちになさいましたな」

小次郎が確かめると、

「さよう、北町で調べて頂いた。お手間をかけましたな。それが何か……」

口元に笑みを浮かべ、武藤はあくまで穏やかに問いかけてきた。

「吉野殿は猪之吉を斬ったことを悔いておられたかもしれぬのです」

小次郎は武藤の顔を見据えた。

武藤は表情を変えず答えた。

「吉野は大層心優しい男でした。無礼を働かれ、武士の面目を保つために、やむにやまれず斬り捨て御免にしたものの、相手の命を奪ったことを、後々悔いたのでしょう」

「いかにも、左様であろうと考えられます」

と、武藤の考えを受け入れてから、核心に踏み込もうと小次郎は問いを重ねた。

「ところで、猪之吉はこちらの藩邸の普請を行っておったのでござりますな」

小次郎の問いかけは予想外のことだったようで、一瞬武藤は目を凝らしたがそれも束の間、じきに柔和な表情を作ってうなずいた。

「左様です」

「吉野殿は藩邸への帰途、芝神明宮の辺りで道に迷い、猪之吉に尋ねたところお国訛りを蔑まれ、無礼な言動をされたために、斬り捨てた……というのは確かなのでしょうか。吉野殿は普請方であられたとか。藩邸の普請に従事する猪之吉をご存じだったのではないですか。そうだとすれば、無礼討ちの真実は異なったものになってきます……あ、いや、何も今更、吉野殿の無礼討ちの沙汰を覆《くつがえ》そうなどとは思いませぬ。第一、一介の同心にそんなことはできませぬ。わたしは、真実が知りたいのです」

殊更《ことさら》に淡々と小次郎は語りかけた。

武藤は話を聞き終えた後、しばらく間を取ってから、覚悟を決めたように口を開いた。

「貴殿の指摘通り、吉野と猪之吉は面識がござった。無礼討ちの実情も北の御奉行所に届け出たものとは異なり申す。くれぐれも他言無用に願いたいのだが、貴殿には順を追って真実を語りましょう。まず、無礼討ちの当日、吉野は猪之吉と他の大工たちと共に会食をしておったのです。大工たちを慰労したのですな。随分と無理をさせましたゆえ」

「何処で……芝神明宮の近くですか」

「神明宮近くの小料理屋でござる。夕月という店で、当家では肩肘《かたひじ》張らぬ内輪の会合に使っております」

「藩邸の普請とは、具体的にどのような建物のですか……あ、いや、これは余計なことですな」

小次郎は詫びた。

藩邸内の構造は極秘とされている。赤穂《あこう》浪士が吉良《きら》邸討ち入りの際、吉良の寝間の所在を知ろうと苦労して絵図面を入手したのは有名な話だ。実際は、泰平が続き、藩邸の生活を成り立たせるため様々な商人や職人が出入りしていて、秘密を守るのは難しい。

広大な庭を手入れする庭師、肥《こえ》を汲み取る近在の農民、建物を修繕、増築、改築する大工、瓦職人、左官屋などの職人の他、味噌《みそ》、醬油、油、炭等々の食料品や日用品を納める問屋、さらには着物、小間物、貸本等を商う者まで、衣食住に関わる様々な町人の出入りがあるのだ。

出入りする者ばかりではなく日中は常駐する者たちもいる。決められた日以外は外出できない藩士たちのために詰めているのは、古着屋、酒屋、魚屋、青物屋、煮売屋、蕎麦や天麩羅《テンプラ》の屋台などだ。

従って、藩邸は決して閉ざされた空間ではない。また、警固という点においても緩かった。というのは、過剰な警固体制を敷くと幕府への謀反《むほん》を疑われるからだ。このため、藩邸専門に忍び込む盗人もいた。

そういった風潮もあり、武藤も心得たもので、小次郎の問いかけに気軽に答えてくれた。

「わが殿は京都所司代の重職にあります。公家衆《くげ》との交わりのため、茶道を学ばれましてな。それで、茶の湯に深く耽溺《たんでき》され、江戸の藩邸にも茶室を造作せよとおおせられたのです。江戸に戻られる際には、藩邸に数寄者《すきしゃ》を招き、茶会を催されるのを楽しみとしておられます」

江戸に戻るというのが単に江戸城へ登城し、老中と協議することなのか、自身が老中となって江戸に戻って来ることなのかは、訊かずにおいた。

小次郎は話題を無礼討ちに戻した。

「会食の場で酒が過ぎ、夕月を出たところで、猪之吉が吉野殿に罵詈雑言《ばりぞうごん》を浴びせたのですな」

「いかにも」

今度は短く武藤は答えた。

「酒の席で何か揉め事が生じたのでしょうか」

「それは、存じませぬな」

「その場に出られたのは、御家中からは吉野殿だけですか」

「そうだったと思うが……」

武藤は言葉尻を濁した。

「吉野殿は剣の方は達者でありましたか」

小次郎は話題を変えた。

「吉野は藩邸内でも一、二を争う使い手でありましたな。それに比べ、拙者はこの不摂生な身体が物語るように武芸はからきしです」

　苦笑交じりに武藤は答えた。

「それにしては、妙ですな」

　小次郎は首を捻った。

　武藤は黙って小次郎の言葉を待った。

「猪之吉は袈裟掛けに斬り下げられておりましたが、もう一太刀、肩から背中に浅手が残っておったとのこと」

「ほう、左様ですか」

　武藤も首を捻る。

「刀傷から察するに、吉野殿は逃げようとした猪之吉に追いすがって背中から斬った。しかる後に、袈裟懸けに仕留めたことになります」

　小次郎は言葉を止めた。

「つまり緒方殿は、吉野が武士にあるまじき所業をなした、すなわち、丸腰の町人を背中から斬りつけた、と、批難なさるのですかな」

　武藤は問うた。

「批難しようとは思いませぬ。あの一件は、無礼討ちが成り立っておりますし。ただ、吉野殿が無礼討ちを悔いているのは、背中から斬りかかったことにあるのではないかと思った次第です」

「なるほど、吉野であれば、それを悔いるかもしれませぬな」

うなずきながら武藤は小次郎の考えを受け入れた。

「ところで、猪之吉が吉野殿に無礼を働いたと証言したのは、仲間の大工連中でしたが、その者たちは江戸の者にあらず、国許から連れて来られた者たちでしたな」

「はて、そうでしたかな……普請現場のことは、吉野に一任しておりましたゆえ、拙者、大工どもの身元までは存じませぬ」

それで普請奉行が務まるのかという疑念を胸に、小次郎は問いかけを続けた。

「御国許の大工であったそうです。すると、猪之吉のみ江戸の者ですが、どうしてこの男を雇ったのですか」

「猪之吉の他にも江戸の者は雇っておったはず」

「では、特別に猪之吉のみを慰労したのはいかなるわけでしょう」

「さて、吉野の考えゆえ拙者は存ぜぬが、猪之吉は腕の立つ大工と評判でしたゆえ、思うに、特に良い働きをしたからではないですかな。猪之吉は、口は悪いが腕は立つという、いわば、江戸っ子と申しますか、江戸の大工の典型のような男でしてな」

武藤は笑みを拡げた。

「猪之吉はどのような仕事をしておったのですか」

「拙者は普請現場には立ち会っておらぬゆえ、それもよくはわかりませぬが。いや、逃げ口上のようで申し訳ござらぬ」

答えてからふと不信感を募らせたように武藤は続けた。

「吉野の一件、無礼討ちと裁許がくだされているのですぞ。それをなぜ今更、蒸し返そうとなさるのですか」

「先ほども申しましたが、無礼討ちにつきましては、今更、調べ直すことはござりませぬ。わたしはあくまで真実を知りたいのです。それと、本日訪ねて参りましたのは、吉野殿が突然亡くなったと聞き及んだからです。急な病と耳にしましたが、まことですか」

「それは……」

武藤は答え辛そうだったが意を決したように背筋をぴんと伸ばし、

「自刃致したのです」

と、言った。

「切腹を……」

小次郎は口を半開きにした。

「よほど、猪之吉を無礼討ちにしたことを悔いたのでしょう」

沈んだ口調で武藤は言い添えた。

「わかりました。色々、探るような問いかけをし、申し訳ございませんでした」

両手を膝に置き小次郎は頭を下げた。

「得心がいったなら、それでようござる。今後、町方の皆さまにはお世話になるかもしれませぬ。引き続きよしなにお願い致す」

慇懃《いんぎん》に武藤も挨拶を返した。

「こちらこそ。お手間を取らせました」

小次郎は暇《いとま》を乞い、屋敷を出た。


猪苗代藩邸を出たその足で小次郎は芝大門《だいもん》の夕月にやって来た。

大きくはないが、瀟洒《しょうしゃ》で落ち着いたたたずまいの料理屋である。庭の竹林が風に揺れていた。小次郎は木戸を潜り、玄関に立った。

女将を呼ぶ。

帳場で小次郎は女将と向かい合った。

「吉野さまの一件でございましたら、先日北の御奉行所のお役人さまにお話を致しましたが」

女将は訝しんだ。

「無礼討ちについての決着はついておるゆえ、そのことを今更、蒸し返すのではない。そなた、吉野殿が亡くなったのを存じておるか」

小次郎の言葉に女将は小さな驚きの声を漏らし、首を左右に振った。

「表立っては急な病ということになっておるが、実際は自害……おそらくは、猪之吉を無礼討ちにしたことを悔いての死であったと思われる」

「それは……」

怯えたような表情となり女将は声を上ずらせた。

「無礼討ちの前、吉野殿は猪之吉らとこの店で会食しておったのだな」

小次郎の問いかけに女将はうなずいた。

「大工さん方四人と御一緒に食事をなさいました」

「猪之吉の他は、猪苗代藩の国許の大工たちであったのだな」

「そのようでした」

「大沼家中からは、吉野殿の他に武藤殿がいらしていたのだな」

武藤はそんなことは言っていなかったが、鎌をかけてみた。

「はい、武藤さまと吉野さまがいらっしゃいました」

やはりである。

普請奉行の身で吉野が慰労する大工の身元を知らぬはずはない。不都合な事実があるゆえ武藤は惚けているのではと睨んだ通りだ。

「すると、吉野殿だけではなく、武藤殿と二人との間で猪之吉はいさかいを起こしたのか」

改めて小次郎は問いかけた。

「いさかいでございますか……いいえ、特には……」

いさかいなどなかったと一度は答えたものの、自分は座敷には出ていなかったからよくわからないと女将は曖昧に言い繕った。

「帰り際はどうだったのだ。猪之吉は酔って、荒れておったのではないのか」

小次郎は問いかけてから、上得意の猪苗代藩の藩士を見送らないはずはないなと、女将に釘《くぎ》を刺した。さすがに言い逃れはできないと判断したようで、

「みなさま、大分過ごしておられました。猪之吉さんは足取りも怪しかったと覚えております」

女将は考え考え証言した。

「猪之吉は、吉野殿と武藤殿に食ってかかるような状態ではなかったのか」

「何やら、言葉を荒らげておられました。あっ、ですが、呂律《ろれつ》が回ってなくて、何をおっしゃたのかまでは聞き取れませんでした」

嘘ではないと伝えたいのか、女将は言葉に力を込めた。

五

会食の場にいたことを武藤は隠していた。北町奉行所の口書にも武藤がいたことは記されていない。三人の大工たちも武藤の参加には触れていない。

夕月から出たところで、武藤は先に帰ったとも考えられなくはないが、それなら、夕月で共に会食していたことを隠す必要はない。

怪しい……

吉野による猪之吉無礼討ち騒動には裏がある。

小次郎は確信した。

すると、

「こりゃ、緒方の旦那」

と、お紺が声をかけてきた。

初老の男と一緒だが、おそらくは、猿の寅次郎であろう。案の定、お紺から寅次郎だと紹介された。

「旦那、夕月にやっていらしたということは、吉野さまの無礼討ち、怪しいって踏んだ上での探索ですね」

お紺に言われ、

「図星だ。そなたらも、猪之吉の身内に五十両を届けるだけでは納得しないということだな」

小次郎は返した。

「同じく図星ですよ」

お紺は声を大きくした。

「して、猪之吉の家に行ってどうだった」

小次郎は問いかけておきながら、

「そうだ、何か食するか」

と、周囲を見回す。

さすがに夕月は値が張りすぎる。

「蕎麦にしようか……あ、でも、寅さん、大丈夫かい」

お紺は、大坂出身の寅次郎が江戸の蕎麦は口に合わないかと危惧したが、

「蕎麦、ええでんな」

と、本人は四角い顔を綻ばせて賛同した。

お紺がまず蕎麦屋の暖簾を潜った。


入れ込みの座敷に上がり、盛り蕎麦を二枚ずつ頼む。

程なくして蕎麦が運ばれて来た。重ねられた蕎麦蒸籠《せいろ》を前に、

「江戸のお方は汁に浸すか浸さないかの内に手繰《たぐ》るんでんな。郷に入れば郷に従えや。わしも……」

と、寅次郎は手慣れた所作で蕎麦を食べ始めた。小次郎は貝柱のかき揚げを三人前追加した。

「美味《おい》しおまんな」

寅次郎は器用に蕎麦を手繰り、一枚目を食べ終え、二枚目に取りかかった。寅次郎の健《けん》啖《たん》ぶりに小次郎は目を細めた。小次郎の視線を受け止め、寅次郎は言った。

「江戸では、蒸籠を身の丈程に重ねるまで蕎麦を食べはる達者なお方もいてはるそうでん

な」

小次郎は笑みを浮かべ、

「身の丈と申しても立った状態ではない。座った状態でだな」

と、上半身くらいの高さだと説明してから、続ける。

「もっとも、賭け蕎麦と申して、銭を賭けて何枚食べられるか競う場合には、五十枚、六十枚を平らげる猛者《もさ》もおるがな。そうなると、蕎麦を味わうゆとりなどあるまい」

小次郎の笑みが苦笑に変わった。

「そら勿体ないわ。食べ物をそない粗末に扱《あつこ》うたらあきまへん。罰が当たりまっせ」

寅次郎は蕎麦をじっくりと汁に浸してから口に運び、十分に咀嚼《そしゃく》して飲み下した。

「酒も飲むか」

小次郎が誘いをかけると、

「寅さんは直しだね」

すかさず、お紺が言葉を挟んだ。

ところが、

「いや、蕎麦には酒の方がええな」

と、寅次郎は燗酒を頼んだ。

ついでに蕎麦味噌も頼む。

「蕎麦はええけど、この葱《ねぎ》はどうも馴染めんな」

上方の青葱がいいと寅次郎は言った。関東の白葱は舌に馴染まないそうだ。葱には不満を漏らした寅次郎だったが、こんがりと狐色に揚げられた貝柱のかき揚げが届くと目尻を下げた。

ひとしきり、蕎麦とかき揚げ、酒を味わってからお紺が語り出した。

「猪之吉さんは、喧嘩っ早くて、頑固、口出しされるのを極端に嫌う、いわば、職人気質《かたぎ》の塊《かたまり》のような男だったそうです。それでも、腕は確かで、手抜きを絶対に許さなかったとか。特にからくりものが得意で、芝居の舞台の田楽返しなんかを任されていたそうですよ」

「ほう、からくりものをな……」

小次郎は思案をしてから口を開いた。

「猪之吉は、猪苗代藩邸の普請場で働いておったのだろう」

「ええっ、そうだったんですか」

お紺が驚きの声を上げると、寅次郎は蕎麦を咽喉に詰まらせ、むせ返った。お紺は寅次郎の背中をさすりながら、続けた。

「猪之吉さんは家じゃほとんど仕事の話はしなかったそうですから、御上さん、そのことを知らなかったのかしら……」

「猪之吉の女房が亭主の仕事先を知っていたかどうかはともかく、二人は面識があり、吉野は猪之吉の仕事ぶりを高く評価して夕月で馳走したのだ」

「そやったんでっか。ほんなら、表沙汰になってる無礼討ちの経緯《いきさつ》は嘘やったんやな。で、吉野さまは、どないして亡くならはったのでっか」

寅次郎が訊いた。

「おお、そうであったな」

これは迂闊《うかつ》だったと詫びてから小次郎は吉野が自決したことを話し、

「猪之吉を無礼討ちにしたことを悔いての自刃だったようだ」

と、言った。

「自分に非があったと考えてたって、ことですかね」

お紺が確かめる。

「そこが気になって、猪之吉が吉野殿と会食したという夕月を訪れ、女将に話を聞いたのだ」

小次郎が言うと、

「あたしたちも、猪之吉さんが無礼討ちされた日に夕月で御馳走になったって御上さんから聞いてやって来たんですよ」

お紺が返した。

小次郎の口からはさらに、会食の場には吉野の他に上司の武藤がいたと語られた。

「すると、その男が怪しいいうことでんな」

寅次郎が飛びついた。

「ひょっとして、吉野さんは武藤さんの罪を被ったのでは」

というお紺の推測に、

「そうかもしれぬ。というのは、猪之吉には刀傷が二つあった。致命傷は袈裟懸けに斬り下ろされた刀傷だが、その前に肩から背中を浅く斬られておる。背中の刀傷は武藤の仕業なのかもしれない」

と、小次郎が言うと、

「汚い野郎やな。武藤いう侍、実に汚いやっちゃ」

寅次郎が憤《いきどお》った。

「ほんとだ。侍の風上にも置けないよ」

お紺も賛同した。

「武藤の奴、罪に問えまへんか」

不満たっぷりに寅次郎は言った。

「そうだよ、武藤の奴をこのままにしてはおけないわ」

お紺も怒りを抑えられない様子だ。

「このままでは無理だな。何しろ、無礼討ちで裁許が下っているからな」

残念だがと小次郎は言い添えた。

「江戸は杓子定規《じょうぎ》であきませんわ。そやから、お侍が大手を振ってのし歩き、好き勝手しよる」

寅次郎は江戸と侍をくさした。

「寅さん、それは江戸も上方も関係ないわよ」

お紺がたしなめる。

「そらそやな。せやけど、このままでは、収まりがつかんで」

寅次郎の憤りは鎮まらない。

「何故、武藤は猪之吉を殺そうとしたのだろうな」

ふと、小次郎は疑問を投げかけた。

「けちったんとちゃいますか」

即座に寅次郎が答えた。

「何をけちったと申すのだ」

小次郎が問い直す。

「大工の手間賃でんがな。猪之吉の取り分を、けちったんでしょうよ」

寅次郎は繰り返した。

「そうかしら。江戸の御大名って、すごく見栄っ張りなのよ」

お紺は否定した。

「どうして、そないなことが言えるねん」

寅次郎は納得がいかないようだ。

「いい例が大名行列よ。あれは大名の見栄の張り合いなのよ」

お紺はしたり顔で寅次郎を見た。

「どないやいうねん」

まだ文句を言いたそうだが、寅次郎は興味を示した。

「大名行列はね、参勤で江戸に入る時と江戸から国許に帰る時、たとえば、東海道を使う大名家だったら品川宿までは中間《ちゅうげん》、小者《こもの》をわざわざ雇って行列を大袈裟に飾るのよ」

「ほんで、品川を過ぎたら」

「雇った者は帰すの」

「そら、見栄やないか」

寅次郎が顔をしかめると、

「だから、見栄っ張りだって言ったじゃないの」

お紺は笑って、説明を続けた。

「けちと評判されるのは沽券《こけん》に関わるから、大名家は嫌うの。手間賃を惜しんだなんて評判を立てられたら、御家の面目が立たないからね」

お紺の言葉に、

「なるほど、そういうことかいな。ほんま、お侍は見栄の塊やな。ほんなら、手間賃を惜しんだいう線はなさそうや。ほな、どういうことやろう」

四角い顔を歪め、寅次郎は考え込んだ。

「わからないわね。単に酔った上での言い争いだったのかもしれないわよ。猪之吉さん、酒癖が悪かったそうだし」

お紺が言うと、

「そやな、猪之吉さんは酒癖が悪い上に相当喧嘩っ早かったらしいからな。酒の勢いで鬱憤を吐き出したんかもしれまへんわな」

寅次郎も賛同した、というか他に思いつかないようだ。

すると小次郎が、

「酔っての暴言で斬られたというのはいかがなものかな。吉野殿と武藤殿も相当に酔っていたというのなら刃傷《にんじょう》沙汰にもなろうが、それでは、無礼討ちが成立しない」

「そらそうやな」

寅次郎は小次郎の意見に飛びつき、あっさり自分の考えを捨てた。どうやら、人の意見に左右されやすいようだ。

それを、

「まったく、寅さんたら、考えがころころ変わるんだから」

お紺はなじった。

「ま、それがわしのええとこやないか」

寅次郎は悪びれもせずに言った。

「ともかく、猪之吉には絶対に斬られなくてはならない理由があったのだ」

小次郎は断じた。

「斬られる理由……」

お紺は考え込んだ。

「こら、おもろなってきたで」

寅次郎は目をむいて両手をこすり合わせた。

「もう少し、調べるとしよう」

今日のところはこれまでだと、小次郎は話を打ち切った。

六

三日後、小次郎は寅次郎を伴って夕凪に顔を出した。

あらかじめ、但馬には吉野による猪之吉無礼討ちの一件のあらましは報告してある。

「今回の一件は、御蔵入改で扱うのではなく、あくまでわたしとお紺とで探索を進めたいと思います」

小次郎が希望を述べ立てた。

「うむ、そうだな。北町が無礼討ちと断じた以上、その一件は蒸し返せない。だが、どうやら裏がありそうなのだな。よかろう、探索を進めよ。探索次第で猪苗代藩の誰かの罪が暴かれることになったら、わしが乗り出す」

但馬の言葉に小次郎とお紺は深くうなずいた。それから但馬は思わせぶりな笑みを拡げて言った。

「猪苗代藩の藩主、大沼伊予守は寺社奉行辻堂伊賀守持久の兄。辻堂家の四男であったが大沼家に養子入りしたのだ」

「ほう……」

小次郎は口を半開きにした。

「偶然ですかね」

お紺が言っているのは、久の市による殺しのことだ。三人の頭の中には松岡検校の名前が浮かんでいる。小次郎はあくまで冷静に言った。

「吉野殿の死と松岡検校との関わりは不明ですが、とことん首を突っ込むつもりです」

小次郎の決意を但馬は受け止め、うなずいた。

そこへ、大門武蔵がやって来た。

「御蔵入りを調べ直すような一件が、何かあったのか。ありゃあ、声をかけてくればいいのに」

不満そうに武蔵は言った。

小次郎が、

「いや、御蔵入改に依頼された一件ではないのです」

と説明し、続いてお紺があくまで個人的な用向きで探索を行っているのだと言い添えた。

「どんな探索なんだ」

武蔵は当初興味を示したが、猪苗代藩士による無礼討ちの一件で、御蔵入改で扱うわけではない以上、特別な手当もないと知り、現金にも興味を失った。

するとお紺が、

「大門の旦那、小遣いでも稼ごうと思って来たんだろう。おあいにくさまだったね」

と、からかいの笑みを投げかけた。

「図星だ。このところ、稼ぎがない。馴染みの博徒どもも、悉《ことごと》く賭場が潰されておるからな。お手上げだ」

言葉通り武蔵は両手を頭上に掲げた。

「賭場の手入れなんて今に始まったことじゃないでしょう。大門の旦那、奉行所の生贄《いけにえ》にされたって、いつも怒ってるじゃない」

お紺の言うように、南町奉行所が目こぼししていた賭場のいくつかを世間体から見せしめのために摘発した際、武蔵は責任を負わされた。摘発した賭場の博徒から武蔵が袖の下を貰い、目こぼしをしていたとされたのだ。実際、武蔵は賄賂を受け取って摘発日を教えたり、開帳しても見て見ぬ振りをしたりした。もちろん、許されることではない。

小次郎なら絶対にしないだろう。しかし、賭場には様々な情報が集まる。江戸市中で騒ぎを起こしたやくざ者が賭場に出入りするのは珍しくはないし、そこでは無宿もの、咎人《とがにん》に関する得難い聞き込みができるのだ。蛇の道は蛇《へび》である。

従って定町廻りや臨時廻りの同心たちは各々懇意にしている賭場がある。武蔵のみが博徒とつるんでいるわけではないことは公然の秘密だ。それなのに、武蔵は半年の出仕停止の上、臨時廻りを外されてしまった。生贄にされたと言うわけである。

それでも、

「石川《いしかわ》や　浜の真砂《まさご》は尽くるとも　世に盗人の種は尽きまじ」

と、大泥棒石川五右衛門《ごえもん》が辞世の句に詠んだように、盗人はもちろんだが、尽きぬのはそればかりではない。「飲む、打つ、買う」がこの世からなくなりはしないのだ。摘発された賭場も手を替え、品を替え、博徒たちはしぶとく生き残り、お上の目を盗んで開帳している。

「ところがな、おれが懇意にしていた博徒どもばかりか、他の連中も賭場を潰されているんだ」

武蔵が嘆くと、

「目下のところ、北町では賭場を壊滅させるような動きはしておりませぬぞ」

小次郎が訝しんだ。

「南町だって、してないよ」

不貞腐れたように武蔵は言う。

「じゃあ、何処が賭場を潰すんだい」

眉をひそめお紺は武蔵を見た。

「寺社奉行辻堂伊賀守だよ」

ぼそっと武蔵は答えた。

「寺社奉行がどうして賭場を潰しにかかるのさ」

お紺は問いを重ねる。

「町場の賭場じゃないんだ。おれが懇意にしていた博徒どもは、町人地で潰されたから寺で開帳するようになったんだ。辻堂伊賀守は江戸中の寺や神社を調べ上げ、徹底して賭場を潰しにかかってやがる……あ、いや、それが寺社奉行の役目の一つだから、文句をつけるのは間違っているんだがな……」

武蔵は大きくため息を吐いた。

小次郎は但馬に向き直った。

「辻堂さま、やけにお役目に熱心でございますな」

但馬はうなずく。

すると武蔵が、

「老中を狙っていらっしゃるんだよ。松岡検校、かつての座頭松の市は部屋住み時代の伊賀守の骨相を見て、幕府の重職に就くって予言したんだそうだ。喜多八からそう聞いたぜ。伊賀守はその気になって老中を目指しているんじゃないのか」

冷めた口調で言った。

「辻堂伊賀守と松岡検校か」

但馬は呟くように言った。

すると小次郎が膝を打ち、

「大沼伊予守さま、弟に先んじて京都所司代から老中への昇進を狙っておられる。昇進に当たっては多額の運動資金が必要です。その資金を捻出するのに……」

ここまで小次郎が考えを述べ立てたところで、

「藩邸内に賭場を設けたってことか」

武蔵が言った。

「おそらくは、新造したという茶室がそれであろう。茶室にからくりが施されているに違いない。田楽返しのような捕物逃れのからくりがな。そして、そのからくりを造作するため、猪之吉を雇い入れた。猪之吉は……」

小次郎が語り終える前に、

「口封じされたんやな」

寅次郎が口を挟んだ。

「猪之吉を殺すことを吉野殿は躊躇ったのだ。それで、武藤殿が猪之吉に斬りつけた。しかし、武藤殿の腕では浅手しか負わすことができなかった。浅手といっても、江戸市中での刃傷沙汰、大きな騒ぎとなり、奉行所の調べが入ることになる。猪之吉の口から茶室に施した田楽返しの造作が発覚する。そうなっては御家の一大事と、吉野殿はやむなく猪之吉に止《とど》めを刺したのだろう」

小次郎が話をまとめると、

「緒方の考え通りであろう。さて、どうするか」

但馬はみなを見回した。

「許せませんよ。賭場を開帳しているって暴き立ててやりましょうよ」

お紺が勇んだ。

「それには、茶室に賭場を開くための盆蓙《ぼんござ》が備わっているのかどうか確かめなければならないぞ」

珍しく武蔵が慎重な姿勢を示した。

「ほんなら、わしが確かめてきますわ」

寅次郎が自信満々に請け合った。


明くる日の昼下がり、お紺と寅次郎は愛宕大名小路にある猪苗代藩邸にやって来た。裏口に回り、出入りの商人を待ち構える。

やがて、大きな風呂敷包を背負った貸本屋風の男が出て来た。

前方からお紺が近づいていき、すれちがい様に男の財布をすり取り、路上に捨てた。すかさず、寅次郎が財布を拾って、

「ちょっとちょっと、あんさん」

と、声をかけた。

貸本屋が振り返ると、

「財布、落としましたで」

と、笑みを投げかけた。

「あっ、これはどうもすみません」

貸本屋は素直に寅次郎に礼を言った。寅次郎は財布を渡しながら、

「貸本でっか。おもろい草双紙《くさぞうし》おまっかいな」

などと、気さくに声をかける。

貸本屋はお薦めなものがありますよと応じた。

「ほんなら、店に伺いますよってに」

寅次郎は貸本屋から店の所在を聞いて別れた。

お紺が近づいて来た。

懐中から寅次郎は札を取り出した。

財布を渡した隙にすり取った猪苗代藩邸出入りの鑑札である。


夕暮れ近くとなり、お紺と寅次郎は再び猪苗代藩邸の裏門にやって来た。寅次郎は風呂敷包を背負い、貸本屋のふりをしている。鑑札を手に、

「屋敷内に入って茶室を探ったるで」

寅次郎は意気込んだ。

そこへ、慌ただしい足音が近づいて来た。お紺と寅次郎は天水桶《てんすいおけ》の陰に身を潜める。侍を先頭に大勢の男たちが猪苗代藩邸の裏門に集結した。侍は陣笠《じんがさ》に火事羽織、野袴、男たちは小袖に襷《たすき》掛け、裾を帯に挟んで突棒《つくぼう》、袖絡《そでがらみ》、刺股《さすまた》といった捕物道具を携えている。

捕物出役《しゅつやく》だ。

まさか、町奉行所が大名屋敷に踏み込むのかとお紺は息を呑んだ。

侍が門番に寺社奉行辻堂伊賀守配下の大検使神崎兵右衛門《かんざきひょうえもん》だと名乗り、開門を命じた。

門番は泡を食って門を開いた。


如月の晦日《みそか》、お紺は寅次郎と鎌倉河岸の縄暖簾にいた。桜が優美な花を咲かせ、春爛漫《らんまん》の昼下がりだ。それでも、二人は今一つ浮かない顔である。

猪苗代藩邸は寺社奉行辻堂伊賀守持久配下の役人に手入れされ、茶室のからくりに隠された盆茣蓙が暴き立てられた。全ては普請奉行武藤圭太が私腹を肥やすための行いだとされ、武藤や普請方の藩士は切腹させられた。とはいえ、藩主大沼伊予守政清の監督責任も問われ、政清は京都所司代を辞し、隠居処分となった。

一件落着、めでたしめでたしだが、お紺も寅次郎もすっきりしない。

「辻堂伊賀守さん、猪苗代藩邸の賭場、よう、突き止めたもんやな」

寅次郎は首を捻った。

「読売によると、藩邸に密偵を入れていたってことだけどね」

読売は辻堂持久の猪苗代藩邸賭場摘発を賞賛している。

「ふ〜ん、密偵な……ほんでも、大沼伊予守さんは辻堂さんの兄貴なんやろ。兄貴を疑ってたんかいな」

寅次郎は疑念を投げかけた。

「それについちゃあ、面白い噂があるんだ。辻堂さまと大沼さまは兄弟仲が悪かったんだって。大沼さまはご正室の子、辻堂さまは妾腹《しょうふく》。辻堂さまは大沼さまに蔑まれていたんだってさ。それと、大沼さまは老中になるおつもりだったでしょう。大沼さまに老中になられたら、すぐには自分がなれなくなるって、辻堂さまは追い落としにかかったのさ」

語ってからお紺は顔をしかめた。

寅次郎は舌打ちする。

「これやから侍は嫌いや。己《おの》が出世のためやったら兄貴でも足をすくうんやからな。そやけど、なんで藩邸で賭場が開帳されるはずやなんて見当つけられたんやろ」

寅次郎のわだかまりは解けない。

お紺は声を潜めて言った。

「大門の旦那が言ってたんだけど、松岡検校さまの屋敷に出入りしている博徒どもが猪苗代藩邸の賭場を仕切る手筈《てはず》になってたんだって」

「それ……どういうこっちゃ」

「だからね、辻堂さまはいい儲け話があるって大沼さまに賭場の開帳を勧めた。で、賭場の運営を松岡検校屋敷に出入りの博徒に任せたらと持ち掛けた……」

「汚いやっちゃな。うまいこと兄貴を罠《わな》に嵌《は》めたいうわけやな」

世も末だと寅次郎は嘆いた。

ひとしきり不満を口にしていたが、寅次郎は急に笑い出した。

「もうどうでもええわ。桜でも眺めながら酒を飲んで憂さを晴らそか」

「直しを頼むよ」

お紺が応じると、

「うん、柳蔭……直しがええな」

寅次郎は四角い顔を綻ばせた。

「でもさ、寅さんのすり働きで悪徳老中が生まれるのを阻めたんだから、とりあえずは良しとしようよ」

お紺も笑みを拡げた。

「せやな。わしも世間さまの役に立ったいうわけや。世直しやで」

そこへ直しが届いた。

「直し……世直し酒や」

寅次郎は美味そうに直しの杯を呷《あお》った。

第四話　もう半分

一

弥生《やよい》（陰暦三月）四日、江戸は桜に彩られている。

麗らかな春光が降り注ぐ中、荻生但馬は八丁堀の鶴の湯にやって来た。小袖を着流し、大小を落とし差しにした気楽な格好だ。春の芽吹きを感じさせる目にも鮮やかな萌黄《もえぎ》色の小袖が、但馬にはよく似合っている。

二階に上がる。

大門武蔵が初老の男と将棋を指していた。喜多八から聞いたことがある。武蔵の将棋敵、醬油問屋蓬萊屋の隠居善兵衛であろう。

将棋盤の脇で見ている喜多八が但馬に気づき、おやっと口を半開きにしてからぺこりと頭を下げた。

将棋盤に近づくと、但馬は喜多八の向かいに座った。盤面を睨んでいた武蔵も但馬に気づき軽く頭を下げた。但馬は軽くうなずき盤上に視線を落とす。

「分《ぶ》が悪いな」

但馬はにやりとした。武蔵は銀一枚と角を取られ、自陣の囲いを崩されていた。

「今日、三連敗でげすよ」

喜多八が言うと、武蔵はじろりと睨みつけた。次いで、

「気が散っていいかん」

と、両手で盤の上の駒をかき乱し、負けたと言った。次いで善兵衛の王の上に一分金を置いた。

善兵衛は余裕の笑みで言う。

「もう一局、いきますか」

「おお、望むところだ」

武蔵は腕捲りをした。

が、善兵衛は武蔵の気勢を削《そ》ぐように、王の上の一分金を取って腰を上げ、

「じゃあ、あたしは湯に入ってきますよ。一休みしてからまたやりましょうか」

と、階段を下りていった。

善兵衛の姿が見えなくなったところで、

「お頭、どうしたんでやす。御蔵入改の一件でげすか」

両手をこすり合わせながら、喜多八が問いかけた。

「いや、そういうわけではない。のんびりと、春の陽気と桜に誘われてやって来たのだ」

但馬は言った。そうでげすか、と拍子抜けしたような声音で返してから、

「お頭、一局、いかがでげす」

喜多八は武蔵にも了解を求めつつ言った。

「よかろう」

但馬は善兵衛が座っていた位置に移動した。

武蔵も、

「よし」

と、意気込んだ。

「お頭、将棋は得意でげすか」

喜多八が但馬のために駒を並べる。

「まあ、見ておればわかる」

その物言いは自信に満ち溢れていた。

自信を物語るように悠然と、

「後手でよいぞ」

と、但馬は武蔵に先手を譲った。

「なら、遠慮なく」

武蔵は歩《ふ》を上げ、角道《かくみち》を作った。但馬も角道を空ける。

「このところ、平穏でげすね」

喜多八が世間話のように但馬に語りかけた。

将棋に没頭する但馬はそうだなと生返事をした。戦局は武蔵らしい早指しによって、動き出した。両者、角と飛車を交換し、駒の動きが激しい。

一見して、互角の勝負だ。

ということは但馬の腕も大したことはない、と、喜多八が内心で笑った時、

「あ、ああっ～」

突如として但馬が悲鳴を上げ、その拍子に盤上の駒が乱れ落ちた。武蔵と喜多八が驚きの目を向ける。

但馬の肩に黒猫が乗っていた。黒猫も但馬の声に驚き肩から飛び降りる。そして、弓の

ように背中を反らせる猫特有の姿勢で、但馬に向かって鳴き立てた。

「き、喜多八、何とかせよ」

脂汗《あぶらあせ》を滲ませつつ、もつれる舌で但馬は命じた。

喜多八はさっと黒猫の首を摑み、階段のところで放した。

「へ〜え、お頭にも苦手なものがあるんでげすね」

喜多八は戻って来て武蔵と笑い合った。但馬は憮然として口をつぐむ。

「なら、一分、頂きますよ」

無情にも武蔵は告げ、手を差し出した。

但馬は苦い顔で応じた。

そこへ男が階段を上がって来た。

「大門の旦那、お願いがあるんですよ」

男は武蔵の前に座った。武蔵は嫌な顔をしながら、

「峰吉、見てわからんのか。おれはな、勝負の真っ最中なんだ」

と、駒を並べ始めた。

「そんなことおっしゃらねえで、頼みますよ」

峰吉は両手を合わせて武蔵を拝んだ。

「大門、話だけでも聞いてやったらどうだ」

但馬が口を挟んだ。

峰吉は味方を得たとばかりに喜びの表情で武蔵を見返す。武蔵は嫌々といった声音で、

「何だ、座頭の揉め事か」

と、問いかけた。

「座頭の……」

但馬が訝しむと、

「こいつ、松岡検校の屋敷で働いていやがるんです」

ぶっきらぼうに武蔵は言い、峰吉に自己紹介しろと目で促した。峰吉は但馬にぺこりと頭を下げてから、口を開いた。

「あっしゃ、元は博徒でしてね、それが、まあ、何ですよ、真人間になろうって意を決しましてね。松岡検校さまの御屋敷に奉公に上がったんです。そんでもって、座頭さんをお守りするってお役目を頂戴したんですよ」

峰吉は按摩帰りの座頭を追いはぎ、盗人の類から守っているんだと話した。更に、

「そんで、自慢じゃござんせんが、働きぶりを検校さまに買われましてね。近頃じゃ、座頭さん方が貸し付けていらっしゃる銭、金の取り立てを手伝うようになったんです」

と、自慢げに峰吉は言い立てた。

「人助けをやっておるのだな」

但馬が言うと武蔵は鼻白み、

「調子のいいことを言いおって、要するに賭場が潰されて、食い詰めたところを松岡検校屋敷に雇ってもらっただけだろう。座頭を守るったって、そいつを建前に按摩料をぴんはねしているんじゃないか。それに貸金の取り立てもただだってわけじゃあるまい。おまえらのことだ。期限になりましたから貸したお金をお返しください、なんて下手には出ないだろう。返せない者から手荒な手口で強引に分捕ってきているに違いない。身ぐるみ剝ぐとか、娘がいたら廓《くるわ》に売り飛ばすとかしてな」

野太い声で捲し立て、冷笑を放った。

「旦那……」

そりゃねえやと峰吉は顔をしかめた。

そこへ、

「まあ、それはよいとして、頼みとは何だ」

但馬が割り込んだ。

峰吉は改まったように背筋をぴんと伸ばしてから、話し始めた。

「三日前なんですがね、火事があったんですよ」

神田白壁町でのことだという。そこは、元々は武家屋敷であったのだが、昨年の秋に火事で焼失し、主と家族が焼け死んだこともあり、跡地は火除《ひよ》け地とされていた。そこに、誰だかわからないが小屋を建てた。その小屋が焼失したのだ。

「ああ、そういえば、そんなことがあったな」

興味なさそうに武蔵は顎を掻いた。

「浪人さんが何人か焼け死んだんでげしょう」

喜多八が言った。

「博打をやっておったそうじゃないか。酒が入っての、火の不始末だったんだろうよ」

それがどうしたとばかりに、武蔵は決めつけた。

但馬が峰吉に話の続きを促した。

「ところが、火の不始末じゃなく、火付けだってことになりましてね。松岡検校さまの御屋敷で働いておられる浪人さんが火盗改に捕まったんですよ。袴田平八郎《はかまだへいはちろう》さんっておっしゃるお方なんですがね……まあ、何て言いますか、あっしらのまとめ役みたいなお方なんです」

峰吉の話を受け、

「おまえらのまとめ役なら火付けくらいしそうだな」

武蔵は見ず知らずの袴田をくさした。

峰吉は首を左右に振って反論する。

「袴田さんとは検校さまの御屋敷に奉公してから、懇意にさせて頂いているんですよ。お侍さんなのに、あっしらのようなやくざ者にも分け隔てなく接してくださいますんでね」

松岡検校の屋敷で働く前、袴田は何処かの賭場で用心棒をしていたそうだ。賭場が摘発され食い詰めていたが、松岡検校の施しを受け、どうにか食べていたという。

「それで、袴田さんなんですがね、ご自身は博打をやらないんです」

袴田は博打には一切手を出さなかった。それなのに、賭場に出入りするはずはない。焼け落ちた小屋は博打好きには知られていた。いわば博打小屋である。神田界隈の賭場は南北町奉行所の摘発で壊滅した。そのため、博徒たちは鳴りを潜めていた。

それでも、博打好きの欲望は尽きぬもので、その小屋に集まっては賽子博打や花札に興じていた。賭場を仕切る博徒がいない分、勝手気儘《きまま》に勝負が出来ると評判を呼んだ。ただ、いさかいが起きたら、当事者同士で解決しなければならない。そうなると、声の大きな者、腕っぷしの強い者が幅を利かせる。

そんな有様だから、食い詰め浪人の溜まり場になっていたそうだ。

「博打をやらない袴田さんは博打小屋に関わりなんかありませんや。それなのに、火盗改に捕縛されたんですよ」

袴田が小屋の周りをうろついているのを目撃した者がいるのだとか。

「博打をやらなかったとしても、火を付けていないってことにはならないだろうよ」

武蔵は反論した。

「一体、何のために火付けなんかするんですか」

峰吉は納得いかないようだ。

それでも武蔵は取り合わない。気が差したのか喜多八が代わって尋ねた。

「焼け死んだ浪人方と袴田さんは知り合いだったんじゃありませんか。それで、その方々といさかいが生じていた……ってことじゃないんですかね」

「確かに、袴田さんとみなさんは知り合いでしたよ。みなさん、松岡検校さまの御屋敷でお世話になっていたんですからね」

浪人たちは松岡検校から施しを受けた礼に、各々の力量に応じて働いているのだそうだ。ある者は手習いを教え、ある者は峰吉たちのように座頭を守り、座頭が貸し付けた者への取り立てを手伝ったりもした。手先の器用な者は大工仕事をやり、頑健な者は屋敷内にある畑を耕したりした。

「浪人の中にあって、袴田は松岡検校から特に目をかけられていたんだな。どうしてだ」

聞く内に興味を惹かれたのか武蔵が問いかけた。

「袴田さんは、見てくれは強面《こわもて》ですからね、用心棒や取り立て人にはぴったりなんですよ。それに、銭金を胡麻化《ごまか》さない正直なお方ですから、検校さまの信頼も厚いってわけでして。検校さまも袴田さんが火盗改に捕縛されて、大層心配なさっていらっしゃるんですよ」

峰吉は真面目に答えた。ようやく相手にする気になったようで武蔵は峰吉に巨体を向けた。

「おまえが、袴田が下手人じゃないって信じるのは、親しい間柄ゆえだろう。いわば、身贔屓というやつだ」

武蔵らしい無遠慮な物言いである。

「それはそうなんですがね、実際、袴田さんが下手人の訳がないんですよ」

「だから、それはおまえの身贔屓だろうが」

武蔵は不機嫌だ。

「そんなことないですよ。だって、焼け死んだ浪人の中には、袴田さんの弟さんがいらしたんですからね」

峰吉の答えに一瞬口を閉ざした武蔵であったが、

「兄弟仲が悪かったんだろう」

にべもなく言った。

「いやいや、袴田さん、弟さんのことをすごく可愛がっていらっしゃいましたよ。歳が十五も離れているんで、余計に可愛かったみたいですけどね」

峰吉は袴田が無実だと信じ切っているようだ。

「だからって、仲違《なかたが》いしないとはかぎらんじゃないか」

武蔵は頑なに受け入れない。

「いや、そんなことはありません。袴田さんはですよ、弟の新九郎《しんくろう》さんのために、それはもう一生懸命だったんですからね」

袴田は新九郎が持参金付きで武家へ養子に入れるよう、用心棒代をひたすら貯めていた。好きな酒を断ってまで持参金の資金を稼ごうとしていたそうだ。

「そりゃあね、弟思いのいい兄さんでしたよ」

しんみりとして峰吉は言い添えた。

すると喜多八が、

「なのに、新九郎さんは博打に興じていたんでげすか。だってそうでげしょう。博打小屋にいらして火事に巻き込まれたんでげすからね」

これを引き取って、武蔵は断じた。

「決まりだな。袴田は一生懸命になっているのに、新九郎の方は我関せずで博打に興じていたんだ。だから、当然、袴田はむっとして、口論の挙句に弟を殺したのさ」

「間違いござんせんよ」

喜多八も手を打って賛同した。

峰吉は自分の言葉で誤解を生じたとばかりに、右手を左右に振って否定した。

「新九郎さんは、それはもう真面目な方でしてね。袴田さんの期待に応えようと学問に励み、酒も飲まず、何処かのお武家の養子になるべく、精進しておられたんですよ」

「じゃあ、どうして博打小屋になど行ったのだ」

また不機嫌になって武蔵は言い返した。

「その辺のところはよくわからないんですけどね……」

峰吉の声は萎んだ。

「それで、養子の目途は立ったのか」

あくび混じりに武蔵は問いかけた。

「ええ、それがですよ、辻堂伊賀守さまの御家中に養子入りが決まったって、袴田さんは喜んでいらしたんですよ」

「辻堂伊賀守というと、松岡検校を総録検校に引き立てた寺社奉行だな」

「その通りです」

峰吉は強く首肯した。

「辻堂家に仕官が叶うとは、そりゃあめでたい。それで、新九郎さんはすっかりうれしくなって、博打に興じられたんでげすかね」

という喜多八の考えに、

「そんなことはありませんよ。せっかく、仕官が叶おうというのに、博打なんかするもんですか。博打に手を染めていたなんて辻堂さまの御家中の耳に入ったら、せっかくの話が水の泡になってしまいますよ」

峰吉は異を唱え、新九郎は博打などしていないと主張して譲らない。

「だって、実際、賭場に出入りしていて火事に遭ったんじゃござんせんか」

喜多八は賛同を求めるように武蔵を見た。武蔵もうなずく。

ここに至って但馬が口を挟んだ。

「新九郎が博打小屋に行ったとして、必ずしも博打をやっていたとは限らぬぞ」

峰吉はわが意を得たりと、誇らしげな顔になったが、

「しかしでげすよ、女郎屋へ行って女を買わない男などおりませんよ」

喜多八は大真面目に反論した。

「違いないな」

武蔵も賛同する。

峰吉は困った顔をしていたが、

「とにかくですよ、袴田さんは火付けなんかするお方じゃないですから。お調べくださいよ、旦那」

すがるような顔で武蔵に頼み込んだ。

「火盗改と争えって言うのか」

武蔵は顔をしかめた。

「だって大門の旦那は、火盗改だろうが、北町だろうが、怖いものなしじゃござんせんか」

峰吉は武蔵を持ち上げた。

「別に怖くはないがな」

武蔵は鼻を鳴らした。

「でしたら、お願いしますよ。もちろん、ちゃんとお礼はしますんで」

上目遣いになって峰吉は笑った。

「礼か」

武蔵は露骨に興味を示した。

「お願いします」

峰吉は拝むように手を合わせる。

「おまえじゃ、大した礼金は出せないだろう。一両や二両のはした金じゃ、動き甲斐がないぞ。何しろ、火盗改の向こうを張ることになるんだからな」

武蔵の言葉に喜多八も期待混じりの目をした。

「検校さまが出してくださいますよ」

周囲を憚るように峰吉は声を潜めた。

「口から出まかせを言うな」

武蔵が疑うと、峰吉は追い打ちをかけた。

「あっしが大門の旦那を頼るのは検校さまもご承知なんです。さっきも申しましたように、検校さまは袴田さんを頼りにしておられますからね」

「峰吉、それを早く言えよ」

武蔵は相好を崩した。

松岡検校なら相当の礼金を出すと踏んだのだ。次いで勿体をつけるように咳払いし、

「仕方がないな。おまえが困っているのを見過ごすことはできん。火盗改相手に厄介な探索になりそうだが、そこまで頼むのなら引き受けてやるとするか」

恩着せがましく武蔵は承知した。

すかさず喜多八も、繰り返し扇子を開いたり閉じたりしながら武蔵をよいしょした。

「おっと、そうこなくちゃいけません。さすがは強きを挫《くじ》き、弱きを助ける大門武蔵さまでげすよ。いよっ！　男伊達《だて》！」

金になると踏んで態度を豹変《ひょうへん》させた武蔵と喜多八に失笑しながらも、

「ありがとうございます」

峰吉は両手を膝に置いて頭を下げた。

次いで、

「実は、下手人はこいつじゃねえかっていうのがいるんですよ」

と、意外なことを言い出した。

武蔵は巨体を揺さぶって峰吉を見返す。

「まったく、おまえって奴は焦れったいな。そうならそうと早く言えよ」

峰吉はすみませんと頭を掻き、続けた。

「いえね、近頃、あの辺りじゃ火付け騒ぎが続いているんですよ。幸い、小火《ぼや》程度で収まってはいるんですがね」

「どこでだ」

「炭問屋の物置、稲荷《いなり》の祠《ほこら》、火の番小屋です」

「火の番小屋で火付けとはどじだな」

武蔵は笑った。火の用心の番小屋が火付けに遭っては笑うに笑えない。

「で、それらの火付けをしたって疑われているのが、寛太《かんた》って野郎なんです」

「何者だ」

「何もやっちゃいません。物乞いですから」

峰吉は言った。

「おまえまでもが怪しんでいるということは、当然火盗改だってそいつが火付けを働いているらしいって摑んでいるんだろう。どうして捕縛しないのだ」

武蔵は疑問を投げかけた。

「そのはずなんですがね。野放しにしているんですよ」

峰吉は不満そうに顔を歪める。

「どうしてだ」

武蔵が問い返すと、但馬も目を凝らして峰吉を見た。

「わかりません。あっしゃ、ただただ袴田さんの疑いが晴れるのが望みでさあ。あ、それから、礼金は検校さまがお出しになるので、明日にでも検校屋敷にいらしてください。検校さまは将棋を指されますから、一局お相手するということで」

そう言い残して峰吉は帰っていった。

「ふん、あいつ、何時からあんな仏心を持つようになったんだ」

武蔵は舌打ちした。

「松岡検校さまの御世話になって、真人間になったんでげしょうよ」

喜多八は武蔵が勘繰り過ぎなのではと言い添えた。

「人間、そうそう変われるもんじゃないさ」

「というと、峰吉には何か魂胆があるってことでげすか」

「あるに決まっているさ」

「かりに峰吉の行いが善意からじゃないにしても、松岡検校さまから礼金が頂戴できるんでげすから、それで良いじゃありませんか」

喜多八は安易に考えている。

武蔵は但馬を見た。

「わしは火盗改に問い合わせてみる。それと、松岡検校が会いたがっているのなら、顔くらい出してもよかろう」

但馬が言うと、

「そうでげすよ。明日、検校屋敷へ行った方がよござんすよ」

武蔵の尻を叩くように喜多八は強く勧めた。

二

明くる日の昼下がり、夕凪の二階に火盗改の与力、早瀬恵三《はやせけいぞう》がやって来た。三十代半ばで、精悍《せいかん》な顔つき、がっしりとした身体に羽織、袴を纏《まと》い威儀を正している。早瀬はきちんと挨拶をしてから但馬に対した。

「荻生さま、神田白壁町で起きた博打小屋火付けの一件、探索に乗り出されたそうですな」

早瀬は切り出した。

但馬はうなずいてから返した。

「その一件だけではなく、神田界隈では立て続けに小火騒ぎが起きたそうではないか」

「よくご存じですな」

「火盗改はそれを放置しておるのか。火付けをしたと思われる、物乞いがおると耳に致したぞ。確か、名前は寛太」

但馬は批難めいた物言いをした。

「ああ、あれですか」

早瀬は苦笑した。

どういうことだという意志を但馬は目に込めた。

「寛太ですが……あれはよいのです」

「よいとは……」

「火盗改の隠密なのですよ」

さらりと早瀬は言ってのけた。

但馬の頬が思わず緩んだ。

「物乞いに身をやつした隠密を神田界隈に入れて、小火騒ぎを起こしている火付けを探索しておるということか」

「火付けを探っておったのではないのです」

早瀬はここまで言って言葉を止めた。

「いかがした」

そんな態度は益々、疑念を誘う。それと同時に興味も深まる。

「いや、荻生さまなら、他に漏らされることはないでしょう」

くれぐれも内密に願いますと、早瀬は強調した。

「むろん、口外はせぬ」

但馬は強い口調で返した。

「闇夜の銀蔵《ぎんぞう》一味が盗み取った品の回収が目的です」

「闇夜の銀蔵だと……」

但馬は説明を求めた。

闇夜の銀蔵一味は、その二つ名の通り月のない夜を選んで盗みを働いていた盗人だ。江戸市中の商家に押し入って荒稼ぎをしていたが、一年前の春に捕縛された。銀蔵以下みな死罪となったが、盗品の一部の行方がわからないままとなっているそうだ。

「盗品とは、千両箱か」

但馬の問いかけに、早瀬は応える。

「黄金の観音像なのです」

「観音像……」

但馬は首を捻った。

「これくらいの……」

早瀬はその背丈を手で示した。

意外にも小ぶりで、台座を入れても一尺（約三十センチ）に満たない高さである。とはいえ黄金に輝く観音像だ。それを闇夜の銀蔵一味は松岡検校屋敷から奪ったのだとか。

「松岡検校の屋敷からか」

意外な一件に松岡検校が絡んできた。

銀蔵一味は二年前、神田の松岡検校の屋敷に押し入った。千両箱三つの他、手当たり次第に土蔵にある品物を盗んだ。

一味を捕縛した際、千両箱と他の盗品は回収できたのだが、黄金の観音像のみ行方が知れず未回収となっていた。松岡検校は黄金の観音像に強い執着があり、取り戻すよう再三に亘って火盗改に求めた。

「観音像は、寺社奉行辻堂伊賀守さまからの贈り物だそうで、松岡検校さまは何としても取り戻して欲しいと強く申し越されたのです」

辻堂は、松岡検校が検校になった祝いとして黄金の観音像を贈ったという。松岡検校の意を汲み、火盗改は銀蔵や一味に激しく拷問を加え、口を割らせようとしたが、知らぬ存ぜぬの一点張りで、観音像の所在はわからなかった。

「一味が盗み取った品々を秘匿していたのは、向島《むこうじま》の荒れ寺だったのですが、そこにはありませんでした。銀蔵たちは観音像もそこに隠しておいたと言い張っておりました」

「すると、銀蔵らも観音像を何者かに盗まれたことになるな……あ、いや、それは早計だ。捕縛されなかった一味の者が持ち去ったのかもしれぬぞ」

「それはありません。一味は全てお縄にするか、斬り捨てました」

絶対に漏れはないと早瀬は強調した。

「まさか、観音像が自分で逃げ出したというのか」

冗談のつもりだったが、早瀬の真剣な顔つきに気づいて、但馬は不謹慎であったと詫びた。大門武蔵の巨顔が脳裏に浮かぶ。知らず知らずの内に武蔵の影響を受けている自分を、但馬は反省した。

早瀬は続けた。

「銀蔵一味は白状しないまま、斬首に処せられました」

「妙だな。銀蔵たちは観音像の在処《ありか》を話そうが話すまいが、死罪は免れなかったのだろう。白《しら》を切り続ける必要がない。まことに知らなかったのではないか」

但馬の疑念に、

「おっしゃる通りです。銀蔵一味は観音像の行方を知らなかったのだと思います」

早瀬は一瞬だが目をそらした。

何か隠しているようだ。それが何かを確かめる前に、但馬は松岡検校のことが気になった。

「松岡検校は観音像を諦めたのか」

「銀蔵一味が斬首に処されてから、さすがに諦められたようで、何としても探し出せとの督促は止みました」

「そうか……して、観音像、結局、何処にあったのだ」

早瀬の心の内を見透かすように、但馬はにやりとして問いかけた。観念したようで早瀬は胡麻化さずに答えた。

「くれぐれもご内密に願いたいのですが、実は火盗改の同心がくすねておったのです」

その同心は黄金の観音像を密かに隠匿していた。

「表向きは、病にて火盗改の同心を辞したのですが、どうやら観音像を持ち去ったようだと、その者が辞めてからわかったのです」

「火盗改の同心が職を辞してでも欲しいくらいに、その観音像は値打ちがあるのだな」

但馬は唸った。

「それはもう、はかり知れない値打ちのようでございます」

「下世話な話だが、いかほどになる」

但馬は目を凝らした。

またも武蔵の大きな顔と身体が脳裏を過った。

「そうですな、数百両……ひょっとしたら千両の値がつくかもしれませぬ」

確信はないが、値踏みをすればそれくらいだろうと早瀬は予想した。

「いくら逸品でも骨董屋《こっとう》に引き取らせないことには、金にはなるまい」

但馬は疑問を投げかけた。

「そうなのですが、世の中には好事家《こうずか》がおります。抜け荷品が高値で売買されるのも、手に入らない品物を欲する者がおるからです」

「つまり、闇取引で売り捌《さば》けるというわけだな」

「ご明察にございます」

と、早瀬は認めた。

「だが、黄金と申しても全てが黄金で出来ておるのではあるまい。大和東大寺《やまととうだいじ》の大仏や京の都の金閣のように鍍金《ときん》、金箔《きんぱく》を捺《お》しておるのではないのか」

「そうかもしれません。一方で、観音像には意外な噂があるのです。それは、観音像に見せかけている……というもので」

「見せかけるとは……おお、そうか、キリシタンどもはイエス・キリストの母、彼らが申すところの聖母マリアを信仰するため、マリア像を観音像に偽装しておると、長崎におった頃、耳にした。黄金の観音像は実は聖母マリア像だと噂が立っておるのだな。ならば、松岡検校はキリシタンということか、あるいはそれを贈った辻堂伊賀守さまも……」

「お二方ともキリシタンとは思えませぬ。おそらくは、噂に過ぎないでしょう」

「そんな噂が出るということは、たとえ、金箔や鍍金で飾っておるだけとしても、その観音像には千両の値打ちがあると信じられているのだな。いずれにしても、松岡検校以外の者が手元に置いておっても宝の持ち腐れだ」

「そういうことです。ですから、その観音像、そろそろ売りに出ると、我らは踏んだのです」

「その不届きな同心の行方は掴んでおるのか」

但馬は静かに問いかけた。

早瀬は尚一層声を潜めて答えた。

「何を隠そう、その不届き者こそ袴田平八郎なのです」

沈黙が訪れた。

普段なら気にも留めない雀《すずめ》の鳴き声が耳障《みみざわ》りだ。

「なるほど、なるほどな……」

但馬はわざと笑い声を上げた。

「おわかり頂けましたか」

早瀬も但馬に合わせてにたりとする。

「つまり、博打小屋の火付けをしたのが袴田としたのは、捕縛して観音像の所在を確かめるためだったのだな。だが、確かめるまでもなく、袴田は松岡検校に雇われたのだから、観音像を手土産に高く買い取らせたと考えるのが自然なのではないか」

「おそらくはその通りかと存じます」

「では、博打小屋の火付けは、何者の仕業であると考える。いや、その前に神田界隈で立て続けに起きておる小火騒ぎは何者の仕業だ。やはり、物乞いの寛太か」

但馬は腕を組んだ。

「はい。隠密同心門脇《かどわき》寛太でございます」

「物乞いの寛太は火盗改の隠密だったな。ふん、火盗改が火付けとはな」

但馬は鼻白んだ。

「もちろん、火付け先は選んでおります。決して類焼しないところです。また、火付け先の了解も得ております」

「つまり、狂言であったということか」

「左様にございます」

「狂言の火付けをして袴田をおびき寄せるつもりだったのか。そこがどうもわからん。どうして、袴田が小火騒ぎに引き込まれるのだ。火盗改の元同心の性《さが》とでも申すか」

但馬は苦笑を漏らした。

「それもありますが、それ以上に重要なことは、火付け先、いずれも袴田と所縁《ゆかり》のある所なのです」

早瀬が言うには、炭問屋は袴田がかつて盗みに入った盗人を捕縛した店だ。神社もやはり袴田が盗人を追い込んで摘発した先であり、火の番小屋は袴田が情報を得ていたネタ元であった。

「袴田なら、火盗改が動き出したと気付くはず。そして、小火の火付け役を探り出そうとするはずと思いました」

「それで、神田界隈を見張っておったのだな」

「そうです」

「それなら、博打小屋に火付けをさせたのはどういうことだ。あれは小火ではなかったぞ。実際、中におった六人が焼け死んでしまったではないか。いくら、浪人者ばかりとはいえ、焼き殺していいものではあるまい」

「あれは、隠密同心門脇寛太の仕業ではありえませぬ」

語気を強めて早瀬は言った。

「ほう、では、袴田の仕業と申すか」

「袴田の仕業で間違いないかと思います」

「だが、焼け死んだ者の中には、袴田の弟もおったそうではないか」

但馬も語調を強くした。

早瀬はゆっくりと首を左右に振って言った。

「袴田に弟はおりませぬ」

「そうか、嘘であったか」

武蔵の言う通りだった。

峰吉はやはり魂胆があって、武蔵に袴田の疑いを晴らすよう頼んだのだ。

「では、何故、袴田は博打小屋に火を付けたのだ」

「あの中に門脇が紛れておったからです」

「ほう、では門脇は焼け死んだのだな」

但馬の問いかけに早瀬はうなずいた。

それから早瀬は思案を始めた。その表情は険しく、逡巡しているようだ。但馬は窓の外に目をやり、早瀬の決断を待った。

春も深まった大川端をぼんやりと眺めていると、今年は花見に行かなかったという後悔が胸を過った。

すると、

「荻生さま、腹を割ります。割ったからにはお手助け願いたい」

早瀬は眦《まなじり》を決した。

但馬は黙って顎を引いた。

「火盗改のお頭、三村掃部介《みむらかもんのすけ》さまは、北村讃岐守さまに恩義を感じておられます。もちろん、北村さまが抜け荷を行っておられたのは許されません。しかし、北村さまを追いつめ、尚且《か》つ実の兄を罠にかけるような辻堂さまのやり口に強く憤っておられます。また、辻堂さまにはキリシタンとの繋がりがあるという噂があります。先ほど申しましたように、黄金の観音像、まこと、聖母マリア像を偽装したものと、火盗改では考えております」

「しかし、辻堂さまと松岡検校はキリシタンではないのであろう」

但馬の問いかけに、早瀬はうなずく。

「辻堂さまはキリシタンを欺《あざむ》き、宗門改めで奴らを狩り立てております」

寺社奉行就任以来、辻堂はキリシタン摘発に辣腕《らつわん》を振るってきた。九州においてキリシタンの隠れ里を次々と暴き立てた。

なるほど、キリシタンに誼を通じていると見せかけていた、あるいは部屋住みの間に暇に飽かせてキリシタンの文物を学び、その時に繋がりが出来た者たちを裏切って弾劾《だんがい》に及んでいるのかもしれない。

「卑劣極まりないお方です。そのような方が老中になったら、この世は闇となります。老中になる前に、辻堂さまには政の場から退いて頂きたいと、お役目を超えて火盗改は考えております」

語る内に早瀬は憤怒の形相となった。

「よくわかった。わしに任せてもらおう」

俄然《がぜん》、但馬も闘志が湧いてきた。

「いや、荻生さまにご負担をかけるのは……」

早瀬は躊躇いを示した。

「火盗改が寺社奉行や検校を弾劾することはできぬ。それに、北村さまの恩を受けた三村殿が辻堂さまの弾劾に動けば、私怨と思われる。やはり、わしが行おう」

但馬は決意を示した。

「御蔵入改方は我ら火盗改同様、公儀より斬り捨て御免の権限を与えられたのでしたな」

「いかにも。幸い、御蔵入改に属する者が松岡検校配下の者から、袴田の疑いを晴らして欲しいと訴え事を持ち掛けられた。闇雲に潰しにかかるわけではない。名目はある」

「承知致しました。お頭には拙者から報告致します。火盗改で出来ることがございましたら、何なりとお申しつけください」

一礼して早瀬は立ち去った。

三

その頃、武蔵は松岡検校屋敷にやって来ていた。金色に輝く五重塔の相輪が天を貫いている。

峰吉が、

「ようこそいらっしゃいました。検校さまがお待ちでございますよ」

と、案内に立った。

武蔵は五重塔を見上げ、

「随分とお高く構えていやがるぜ」

と、皮肉たっぷりに言った。

「旦那、検校さまの前じゃ、ちっとは礼儀を尽くしてくださいよ」

峰吉が頼むと、

「わかっている。総録検校さまといやあ、十五万石の大名と同格だからな。一介の八丁堀同心がそうそう会える相手じゃないってことくらいはわかっているさ」

もっともらしいことを武蔵は言ったが、峰吉は心配顔で、

「ほんと、よろしくお願い致しますよ」

と、何度も念を押した。

「くどいぞ」

武蔵は肩を怒らせ、屋敷の敷地を横切った。


講堂の裏手にある松岡検校の御殿の控えの間に通された。庭に面した部屋である。峰吉は縁側で控えた。

松岡検校がやって来た。

錦の袈裟を身にまとい、煌びやかに着飾った威厳ある様子に、峰吉は畏れ入ったように平伏した。

武蔵も平伏したが、検校の目が見えないのをいいことにぺろっと舌を出した。

「南町の大門と申すそうじゃな。わしと将棋を指したいとか」

松岡検校は言った。

「八丁堀の醬油問屋蓬萊屋の隠居、善兵衛から聞きました。検校さまは大層将棋がお強いと」

武蔵は言った。

松岡検校の顔が綻んだ。

「そなた、善兵衛殿を存じておるのか」

「はい。ちょくちょく、湯屋の二階で将棋を指しております」

武蔵が応える。

「そうか。善兵衛殿、息災か」

「いたって壮健ですな。検校さまのご立身を喜んでおられますぞ」

「よしなに伝えてくれ」

言ってから松岡検校は将棋盤と駒を用意させた。すぐに運ばれてきたが、さぞや立派な将棋盤や駒かと思いきや、何処にでもあるような、そう、武蔵と善兵衛が鶴の湯の二階で指しているような駒であり、折り畳める板の盤であった。

「わしはな、座頭の頃、唯一つの楽しみが将棋であった。これを懐に忍ばせ、駒を信玄袋に入れて、按摩に回った。時に、親しくなった出入り先で、将棋を指したものじゃ」

「辻堂さまとも指したのですか」

武蔵は駒を並べながら問いかけた。

「そうじゃ」

「辻堂さまは、将棋の腕はいかがでしたか」

「わしと五分であったな」

うれしそうに松岡検校は言った。

松岡検校は見えない目でも、素早く駒を並べた。

「わかっておると思うが、そなたが駒を動かす時は口に出してくれ」

「承知しました」

大門は先手を取ることになり、
と、声に出してから一番左端の歩を上げた。

「六九歩」

「ほう、そうくるか」

楽し気に松岡検校は言い、角道を空けた。

武蔵らしい自陣の防御を考えない攻めの一手を、松岡検校はいとも簡単に凌《しの》ぎ、勝負は呆気なくついた。

あっと言う間に、武蔵の陣は囲いを崩され、五十手とかからず、

「参りました」

と、投了した。

確かに強い。善兵衛が十番やって七局取られたと言っていたが、松岡検校相手にそれだけ勝っていた善兵衛に感心してしまう。加えて、日頃、善兵衛は相当に手加減してくれているのだと痛感した。

「もう一局まいるか」

松岡検校は言った。

「いえ、十分です」

実際、もう一回という負けん気など微塵も起きない。まるで別次元の相手に闘志も湧かなかった。

「一献、傾けようぞ」

松岡検校は酒の支度をさせた。

「そなた、袴田の疑いを晴らしてくれるそうじゃな」

松岡検校の問いかけに、

「峰吉に頼まれ、一肌脱ぎます」

武蔵が言ったところで、酒が運ばれて来た。

武蔵の前に豪勢な食膳が置かれた。

鯛の塩焼きが伊万里《いまり》焼の皿に盛られ、蒸し鮑《あわび》、雉《きじ》の焼き物、蒲鉾《かまぼこ》、煮豆が重箱に詰められている。見ただけで生唾が湧いてくる。脇には蒔絵《まきえ》銚子《ちょうし》が置かれた。漆《うるし》の杯に注がれた酒は清酒である。きれいに澄み渡った杯の中身を見ていると、武蔵はたまらなくなった。

が、検校の前には折敷《おしき》が置かれた。その折敷には小皿に入った煮豆と粗末な茶碗、俗に言う五郎八《ごろはち》茶碗があるのみだ。しかも、五郎八茶碗は縁《ふち》が欠けている。松岡検校によると、その茶碗には半分程の濁り酒が入っているに過ぎないという。

「検校さま、お酒はあまり召し上がらないのですか」

武蔵は問いかけた。

「そんなことはないのじゃがな」

松岡検校は両手で大切そうに包み込んで五郎八茶碗を持ち上げた。豪壮華麗な住まいと着物とはあまりにも対照的であった。

松岡検校はその粗末な茶碗で、安酒を大事そうにちびちびと飲んだ。それを見ているうちに、武蔵は食欲も飲む気もうせてしまった。

松岡検校は一杯の、いや、半分の酒を飲み干すと、

「もう半分」

と、五郎八茶碗を差し出した。

従者が徳利から濁り酒を注ぐ。

「よし」

松岡検校は止めた。

ぴったり半分が入った。松岡検校は茶碗を折敷に置き、箸で煮豆を摘まみ、口に運び咀嚼した。その様子を見ているとその豆がひどく硬いものに思えた。

それを美味そうに食べると、残り半分の酒を舐めるように味わった。

武蔵はその姿に背筋が寒くなった。全身に鳥肌が立つ。

松岡検校はこれでよいと、それ以上は飲まなかった。

「検校さま、もう、お飲みにならないのですか」

武蔵が問いかけると、

「わしは、晩酌は一合と決めておるのじゃ」

松岡検校は言った。

「では、どうして半分ずつ、お飲みになられるのですか」

松岡検校は相好を崩した。

「それはな、座頭の頃のことを忘れぬためじゃ」

松岡検校が松の市と名乗っていた頃、按摩仕事を終えた後の楽しみは一杯の酒であった。その酒で一日の疲れが癒された。

「鎌倉河岸にある甚六《じんろく》という煮売り酒場だった。なに、酒場と申しても板が渡してあるだけの場末の酒場でな、肴といえばこの煮豆だけだ」

松岡検校はそこに立ち寄っては酒を飲んだ。その際、半分ずつ頼むのが常だったそうだ。

「なに、意地汚いわしは、一杯で一合を飲んでしまうのが、勿体なくてな。半合ずつ、二杯で注文しておったのだ」

松岡検校は今でも甚六から酒と煮豆を取り寄せているのだとか。

「甚六の親父、もう、古希のはずじゃが、達者じゃ。頑固者で、わしがもっと大きな店を持たせてやると持ち掛けても、いらない、金も欲しくないと申してな。そんな男ゆえ、わしも、このようにつきあっておる」

松岡検校は笑った。

出世しても、苦労していた頃を忘れない、まことに謙虚な態度である。

「大したものですな」

武蔵は言った。

「大したものなどではない。それより、そなた、袴田を頼むぞ」

松岡検校は重ねて頼んだ。

よほど、袴田に信を置いているようだ。

「検校さまなら、辻堂さまを通じて火盗改に要請できるのではありませんか」

「それはいよいよの時じゃ。まずは、袴田の疑いを公明正大に晴らすのが先じゃ」

強い口調で松岡検校は言った。

「承知しました」

武蔵も声を励ました。

松岡検校は声を大きくして従者を呼び、紫の袱紗《ふくさ》を持って来させた。

それを武蔵の前に置いた。

百両あった。武蔵は迷わずそれを懐に入れた。

四

武蔵が松岡検校の屋敷を出ると緒方小次郎が待っていた。

「お頭の指図か」

武蔵は懐手で問いかけた。

「松岡検校さまの身辺の聞き込みをせよと命じられました」

小次郎らしい生真面目さで答えた。

「なら、早速一軒、聞き込みに行ってくれ。おれより、おまえの方が、当たりが柔らかいからな」

武蔵は、松岡検校が通っていた鎌倉河岸の安酒場、甚六について話した。

「座頭の頃に通っていた酒場に聞き込みに行くのは構いませんが、それで、何がわかるのですか。博打小屋の火付けの真相が摑めるとも思えませぬが」

小次郎は疑問を呈した。

「そりゃそうかもしれんが……いや、案外、松岡検校の過去、松の市時代に真実が眠っておるかもしれんぞ。おれが行ってもいいんだが、本音を言えば薄気味悪くて仕方がないんだ」

　武蔵は声を震わせた。

「大門殿でも恐れることがあるのですか」

　小次郎には珍しく冗談めかして訊いた。

　武蔵は否定することなく、

「ああ、ぞっとしたぞ。検校の奴、こうやってな……」

　武蔵は碗を両手で抱えるように持つ真似をし、

「もう半分……などと、首をすくめて不気味な声を出しおってな。あの顔つき、声……何だか、地の底から湧き出す怨霊のような気がした。身体中に鳥肌が立ち、目の前の清酒と馳走にも手をつける気がしなかった」

　と、またも怖気を振るった。

「松の市にとって、一合の酒は単なる酒ではなく、生命《いのち》の水であったのかもしれませぬな」

　小次郎は興味を示した。

「じゃあ、甚六は任せたぞ」

　武蔵は右手を挙げて立ち去った。

小次郎と離れたところで武蔵は峰吉に呼び止められた。脇に一人の男を従えている。

「旦那、こいつが博打小屋に火を付けたって名乗り出ました」

唐突に峰吉は言った。

男は検校屋敷で施しを受けている仙蔵《せんぞう》だと名乗った。

「おれが探索するまでもなかったたってことか」

武蔵は仙蔵を睨んだ。仙蔵はおどおどしている。

「探索の手間は省けましたが、旦那には仙蔵が火付けの張本人だって、しっかりと南の御奉行所に届けていただきたい。その上で火盗改から袴田さんを取り戻して欲しいんですよ」

下卑た笑みを浮かべ、峰吉は申し出た。

「仕組んだか」

「ええっ」

「袴田を解き放つために、こいつを火付けの当事者に仕立てようってことだろう。大方、こいつの身内に大金をやるからって因果を含めたんだろう」

武蔵の推論に峰吉は口を閉ざした。

すると、

「旦那、あっしが火を付けたんです。間違いございません」

殊勝な様子で仙蔵が訴えかけてきた。

これを受けて、

「旦那、本人が言っているんですから間違いありませんよ」

峰吉は仙蔵の背中を押した。

仙蔵は前のめりになって武蔵に接近した。

「ともかく話だけでも聞くか」

武蔵は仙蔵に縄を打った。


甚六への聞き込みを投げっ放しにされたが、小次郎は俄然やる気になっていた。武蔵の勘が正しければ松岡検校の根っこがそこにある。

鎌倉河岸にやって来て、甚六を探した。しかし、見つからない。堀端を行き交う行商人に尋ね、ようやく五人目で所在地がわかった。

堀端から横丁を入ると突き当たりに稲荷があった。鳥居を潜り、祠の脇を抜け境内を出る。鬱蒼《うっそう》とした藪《やぶ》が拡がり、下ばえに足を取られながら進むと朽ちかけそうな小屋があった。

板葺《いたぶ》き屋根、板壁は所々に穴が空いている。すり切れ、汚れた暖簾が風に揺れていた。陽が高いというのに、藪の影になって薄暗い。よくこんな陰気な店に松岡検校は通っていたものだ、と小次郎は暖簾に記された甚六の二文字を眺めた。当時の松岡検校、すなわち松の市にとってここが憩いの場であったのか。

いくら目が見えないといっても陰々滅々とした気分になるのではないか。

ともかく、中に入ろうとした。引き戸に手をかける。

開かない。

中から心張り棒をかっているのかと思い戸を叩いた。

「心張りはかっていないよ」

しわがれた声が聞こえた。

もう一度、引く。建て付けが悪いことこの上ないが、軋《きし》みながらもどうにか戸は開いた。

狭い土間を隔てた板敷は埃《ほこり》にまみれている。いつ掃除をしたのだ、いや、そもそも掃除をしたことがあるのかと疑ってしまうほどだ。

鼠《ねずみ》や虫が出ないことを祈りながら小次郎は上がろうとした。雪駄を脱ぐのが憚られる。

「土足で構わねえですよ」

甚六が声をかけてきた。

古希と聞いていたが、背中が曲がり、白髪の容貌は八十過ぎと言われても疑わない。よれよれの着物を身に着け、首には醤油で煮しめたような色の手拭《てぬぐい》を掛けていた。

小次郎は雪駄のまま板敷に上がり、座った。板敷の奥には五郎八茶碗と酒樽《さかだる》、小皿が並んでいる。

「旦那、物好きだね。こんな店に……」

ヒヒヒッと笑ったつもりなのだろうが、歯が抜けているため空気が漏れ、奇妙な風音が聞こえる。

「何になさいます。と言っても、酒と煮豆しかありませんがね」

「酒と煮豆を貰おうか」

小次郎が頼む前から甚六は小皿に盛り付けた煮豆を出していた。次いで、酒樽の栓《せん》を抜き、五郎八茶碗に酒を注ごうとした。

「半分くれ」

すかさず小次郎は注文した。

「おや、半分でよろしいので」

「町廻りの途中なのでな」

小次郎は半分だけ酒が注がれた五郎八茶碗を受け取った。白濁した酒がたゆたっている。まずは煮豆を食べた。やたらと塩辛い。その上、硬いことこの上なく、まるで小石である。顔をしかめ、嚙み砕いてから酒を飲んだ。酒は麴《こうじ》が強く、悪酔いしそうだ。それでも我慢し、何口かに分けて飲み干すと、

「もう半分くれ」

と、五郎八茶碗を差し出した。

甚六はまじまじと小次郎を見返した。

「旦那、松の市、いや、松岡検校さまをご存じなんですね」

「うむ。松岡検校さまはこの店を贔屓にしておられると耳に致した」

小次郎は五郎八茶碗を板敷に置いた。

「昔話ですわな……」

甚六は遠くを見るような目をした。

「検校さまはいつも半分ずつ二杯飲んだそうだな」

「そうでしたね。決まって半分ずつ二杯でしたな」

しみじみと甚六は言った。

「それ以上は絶対に召し上がらなかったのだな」

小次郎の問いかけに甚六はうなずいたが、ふと思い出したように、

「そういやあ、二度だけ三杯お飲みになったことがありましたよ」

「ほう、二度だけ……それは、どうしてなのだ」

「普段と違いましたね。なんだか、ひどく汗をかいていて」

松岡検校は、ひどく興奮していたという。三年前の正月と如月のことで、汗をかくには寒い日だったため、甚六はよく覚えているそうだ。

「旦那、どうします。もう半分、召し上がりますか」

甚六に聞かれ、

「いや、これで止めておく」

口に合わないからではない。

小次郎は言い知れぬ興奮に包まれたのだ。頰が火照《ほて》り、額から汗が滴《したた》った。

「なんだ、旦那も汗をかいていらっしゃる」

甚六はヒヒヒヒッと笑った。

小次郎は銭を置いて外に出た。

五

明くる日の昼、夕凪の二階に小次郎と武蔵がやって来た。

小次郎が、

「一介の座頭、松の市が辻堂伊賀守さまによって、関東総録検校にまで引き立てられたわけがわかったように思います」

「ほう、そうか」

但馬が言い、武蔵も興味深そうな顔で身構える。

「あくまで想像ですが、松の市は辻堂さまが藩主となれるよう、二人の世継ぎ候補を鍼で殺したのではないかと思われます」

辻堂持久は兄二人が相次いで急死したために家督を継ぐことができた。一月程の間に、壮健な二人が急病死したのである。これはいかにも不自然だ。

「松の市が辻堂さまのために働いたのだとしたら、見返りとして総録検校にしてもらおうというのもうなずけます。松の市は跡継ぎ候補二人を殺した晩も、甚六で酒を飲みました。恐らくそれは、いつもは二杯しか飲まない半分の酒を三杯頼んだ日です。その晩は、汗をたらたら流し、息も荒らげていたとか」

小次郎の考えに、

「例のもう半分を三回か」

武蔵は肩をそびやかし、うなずいた。

但馬も異論を唱えず、

「大門、松岡検校から火付けの張本人として差し出された男、いかにしておる」

と、武蔵に問いかけた。

「南町で預かっているさ」

「うむ、それでよい。火盗改には話がついておる。袴田は解き放たれ、検校屋敷に戻ったぞ」

「袴田が博打小屋に火を放ったのは、火盗改の隠密同心門脇寛太を殺害するためですね」

小次郎は確かめた。

「間違いなかろう」

但馬が応じると、

「松岡検校め、つくづく狡猾《こうかつ》な野郎だ」

武蔵は憤り、それを受け、但馬は言った。

「狡猾な松岡検校は、辻堂伊賀守に約束を果たさせるために証を求めた。それが、黄金の観音像であったのだろう。観音像には偽装の噂があった。キリシタンが信仰する聖母マリア像を観音像に偽装したというのだ。噂は真実なのかもしれぬ。そして、その黄金像が証として辻堂伊賀守から贈られた……」

「辻堂さまがキリシタンであったと」

小次郎が驚きの声を上げた。

「信仰を捨て、観音像を松岡検校に贈ったのだな。辻堂は長年に亘り部屋住みであった。暇を持て余し、学問に没頭した。その時、キリシタンに興味を持ったのかもしれない。それに、北村讃岐守の抜け荷を摘発する上で、キリシタンどもとの交流は役に立ったのかもしれぬ。寺社奉行として宗門改めで実績を残してもおる。次々とキリシタン摘発を成し遂げられているのは、キリシタンとの繋がりがあったからこそと考えれば得心がゆく」

但馬が推論を述べ立てた。

武蔵は顔をしかめる。

「キリシタンを利用するだけして、裏切ったってことか。松岡検校といい辻堂伊賀守といい、汚い奴らだ。同じ穴の貉《むじな》ということか。お頭、こりゃ、潰さないといけないいな」

「緒方はどう思う」

但馬は小次郎を見た。

「大門殿に賛同致します」

小次郎が答えると、

「珍しく、考えが一致したな」

武蔵はにんまりした。

風が強くなった。空は分厚い雲に覆われている。

「雨になるな」

但馬は窓の外を見やった。

「風雲急を告げるというやつだ」

武蔵はうれしそうだ。

「ならば、今夜、決行ですね」

小次郎も勇み立った。

六

その晩、但馬と小次郎、武蔵は検校屋敷にやって来た。三人とも黒小袖、裁着け袴に身を包んでいる。但馬はサーベルを持ち、武蔵は六尺棒を肩に担いでいる。小次郎は普通に大小を落とし差しにしていた。

強い風雨に晒《さら》されながら、三人は屋敷内に入った。

講堂へ向かう。

階《きざはし》を上がり、濡れ縁に立つ。

峰吉たちがぞろぞろと現れた。

「旦那、どうしたんで」

峰吉の言葉尻が風雨でかき消された。

「峰吉、おまえらを退治しに来たんだよ」

風雨に負けまいと武蔵は怒鳴り、松岡検校から受け取った百両を峰吉に投げつけた。

同時に六尺棒で峰吉の顔面を殴りつける。峰吉はよろめいて濡れ縁から落下した。

これをきっかけにやくざ者、浪人たちが三人に向かって来た。手で顔を押さえながら立ち上がった峰吉が、

「袴田さん、やっつけちゃってください」

と、声をかけた。

背の高い、痩せぎすの男が袴田平八郎のようだ。濡れ縁の下は大勢のやくざ者と浪人で

満ち溢れている。

袴田はうなずくと、腰の大刀を抜いた。

小次郎は大小を抜き、目の前で交差させる。

次いで、

「秘剣、大車輪だ」

と叫び、濡れ縁から飛び降りるなり、群がる敵に斬り込んだ。

車輪に蹴散らされた敵を武蔵の六尺棒が餌食《えじき》にした。検校屋敷は血と雨滴が飛び散る修羅場と化した。

「やるじゃねえか」

武蔵は小次郎に声をかけた。

小次郎は鬼の形相となり、大小の動きを止めない。

混乱の中、峰吉が長脇差を手に背後から武蔵に襲いかかる。武蔵は振り向き様、六尺棒で峰吉を突き飛ばした。峰吉は後ろに吹っ飛んだ。

袴田が小次郎の前に立った。

小次郎は動きを止め、再び大小を目の前で交差させる。

袴田は大刀を大上段に構え、じりじりと小次郎に近づいてくる。

雨で袴田の姿が白く煙《けぶ》った。

「てえい！」

裂帛の気合いと共に袴田は間合いを詰めた。水飛沫《みずしぶき》が跳ね上がり、白刃が小次郎の脳天を襲う。

小次郎は交差した大小で受け止める。

次いで、大小で袴田の刀を挟むようにする。袴田は身動きできず、もがき始めた。

大小に力を込め、捻り上げる。

不意に袴田は腰を落とした。

袴田の大刀がするりと大小から抜ける。すかさず、小次郎は背後に飛び退《しさ》る。

袴田も背後に飛び、大上段に構え直した。

峰吉の仇とばかりにやくざ者が武蔵に殺到する。武蔵は六尺棒で敵をなぎ倒してゆく。倒れたやくざ者を踏みつけ、武蔵は鬼の形相で相手を威嚇する。

敵は恐れをなし、すごすごと逃げ出した。

武蔵の活躍を横目に、小次郎は冷静だった。袴田の動きを見定め、大小を交差させたまま微動だにしない。

袴田も対抗するように動きを止めている。

武蔵は加勢しようとしたが、思い止まった。気力溢れる小次郎の様を見て、余計な手出しは無用と思ったのだ。

風雨に晒されながら、小次郎と袴田は対峙《たいじ》を続けた。

平静を保ち、眉一つ動かさない小次郎に、袴田は苛立ちを示した。息が乱れ、眉間に皺が刻まれる。

「おおっ！」

獣のような咆哮《ほうこう》と共に、袴田は飛び出した。

次の瞬間には大上段から白刃が振り下ろされる。

今度は小次郎が腰を沈める。

吸い込まれるように袴田の大刀が小次郎の大小に挟まれた。

小次郎は跳躍した。

袴田の大刀が雨空に舞い上がると同時に、小次郎は大刀を横に払った。

袴田は胴を斬られ、水溜《みずた》まりの中に倒れ伏した。

但馬は濡れ縁で小次郎と武蔵の奮戦を見ていたが、ふと五重塔を見上げた。最上階に明かりが灯《とも》り、松岡検校の姿が見えた。

乱戦を横目に但馬は五重塔に向かった。

但馬を阻まんと敵が立ちはだかった。

但馬はサーベルを抜き、右手を突き出した。左手を腰に据えることなく、腰も落とさず、ただサーベルを左右に振るう。

雨粒が飛び散り、敵の刃《やいば》とサーベルがぶつかり合う。但馬は下から掬《すく》い上げるようにして相手の刃を跳ね飛ばしてゆく。

間髪《かんはつ》を容《い》れず、但馬は相手の髷を次々と切り飛ばしていった。敵は蜘蛛《くも》の子を散らすように逃げ去った。

雨、風は激しくなる一方だ。但馬は観音扉から塔内に身を入れ、階を上る。掛け行灯の炎が揺れる。

足元を見定めながらゆっくりと上る。

最上階にいるからには、松岡検校を逃すことはない。

果たして最上階に至ると松岡検校は端座して琵琶《びわ》を弾いていた。脇には黄金の観音像が鎮座している。

「公儀御蔵入改方頭取、荻生但馬にござる。本日、松岡検校殿を成敗しに参った」

松岡検校は琵琶を置き、見えぬ目を但馬に向けてきた。何も語らず、無言でにやりとした。

「悪行が過ぎましたな」

但馬が声をかけると松岡検校は立ち上がり、窓辺に近づいた。胸には黄金の観音像が抱かれている。豪雨が松岡検校の顔に降りかかる。

「よき日和《ひより》じゃ。わが悪行が尽きるにふさわしい日和ぞ」

哄笑《こうしょう》を放つと松岡検校は高欄を乗り越え、宙に身を躍らせた。落下するわずかの間、松岡検校の笑い声がこだました。

但馬は五重塔を駆け下りた。

屋敷の敷地内の地べたには大勢の男たちがのたくっていた。その真ん中に松岡検校の亡骸が横たわっている。周囲に観音像の破片が散らばっている。

「帰るぞ」

但馬は小次郎と武蔵に声をかけた。

その時、稲光が走り、直後に雷鳴が轟《とどろ》いた。稲妻が五重塔の相輪に落ちた。

相輪は倒れ、落下した。

次いで、五重塔が炎に包まれた。松岡検校の野辺の送りを先導する松明《たいまつ》のようであった。

松岡検校が成敗され、辻堂伊賀守持久も寺社奉行を辞し、隠居に追い込まれた。辻堂が松岡検校に贈った黄金の観音像の破片は、五重塔と共に燃えてしまったが、やはり聖母マリア像を偽装したものだったようだ。検校屋敷で袴田と懇意にしていた仙蔵が口を割った。辻堂家は他家から養子を迎え、次の藩主に据えるという。

但馬は夕凪の二階で三味線を弾いていた。いつしか大川端の桜は散り、若葉が萌え立っている。開け放たれた窓から薫風《くんぷう》が吹き込む。

三味線と撥を置き、但馬はお藤に酒の支度を頼んだ。

鳶《とんび》が大川をかすめるように飛ぶのを眺めながら酒を待つ。程なくしてお紺が盆を手に階段を上がって来た。

但馬に渡されたのは猪口ではなく五郎八茶碗だ。但馬は松岡検校と茶碗酒の話を聞いて以来、注ぐ手間が省けるのを気に入り五郎八茶碗を愛用している。お紺は洗い髪をかき上げ、五合徳利から五郎八茶碗に酒を注いだ。

両手で五郎八茶碗を持ち、人肌に燗が付いた清酒の香りを楽しんだ。

「松岡検校、幸せだったんですかね」

お紺は呟くように言った。

「さてな。総録検校にまで昇らんとしていたのだから、幸せのようだが、心の隅には満たされないものがあったのではないか。だから、昔を偲《しの》んで安酒を飲むのを楽しんでいたのかもしれぬ」

但馬は茶碗酒を飲み干した。

安酒と同様に欲望の半分で自制しようと努めれば良かったのではないか。いや、そもそも人の欲は果てがない。

「お頭、茶碗が空いていますよ」

薫風に洗い髪をなびかせ、お紺は酌をしようとした。

但馬はうなずき、

「ならば、もう半分」

と、五郎八茶碗を差し出した。

本書は書き下ろしです。

中公文庫

御蔵入改《おくらいりあらため》 事件帳《じけんちょう》
——世直《よなお》し酒《ざけ》

2021年3月25日　初版発行

著　者　早《はや》　見《み》　俊《しゅん》

発行者　松　田　陽　三

発行所　中央公論新社
〒100-8152　東京都千代田区大手町1-7-1
電話　販売　03-5299-1730　編集　03-5299-1890
URL http://www.chuko.co.jp/

ＤＴＰ　嵐下英治
印　刷　三晃印刷
製　本　小泉製本

Published by CHUOKORON-SHINSHA, INC.
Printed in Japan　ISBN978-4-12-207048-6 C1193

中公文庫既刊より

各書目の下段の数字はＩＳＢＮコードです。978－4－12が省略してあります。

は-72-1
常世《とこよ》の勇者　信長の十一日間
早見　俊
桶狭間から一年後。隣国・美濃との盟約に執着する織田信長。そのとき何が身に起こったのか。天下布武を決意するまでの十一日間を描く。〈解説〉縄田一男
206361-7

は-72-2
最後の名裁き　大岡越前ふたたび
早見　俊
老境に達したかつての名奉行と、評定所の若き留役。かけ離れた境遇の二人が、藩主押し込めに端を発した、老中による御家乗っ取りの陰謀と対決。書き下ろし。
206638-0

は-72-3
御蔵入改事件帳
早見　俊
元長崎奉行の荻生但馬は、幕府の新役である御蔵入改方頭取を拝命した。町奉行所や火付盗賊改が取り上げない訴えや未解決事件を探索するため、江戸を奔る！
206842-1

は-72-4
魔王の黒幕　信長と光秀
早見　俊
一向一揆の撫で斬り、比叡山焼き討ち、荒木村重一族の皆殺し——魔王の如き織田信長の所業の陰には、明智光秀の存在が。彼の狙いは一体？〈解説〉細谷正充
206911-4

は-72-5
御蔵入改事件帳　見返り橋
早見　俊
江戸の未解決事件はおれたちに任せろ！　訳あって長崎奉行を罷免された荻生但馬が、新役の御蔵入改方頭取に。個性豊かな五人組が悪を討つ。文庫書き下ろし。
206980-0

す-25-34
幕末　暗殺！
鈴木英治／早見俊／秋山香乃／神家正成／新美健／誉田龍一／谷津矢車
幕末の江戸や京で多くの命が闇に葬られた。暗殺——。彼らはなぜ殺されたのか。実力派によるオリジナル競作アンソロジー、待望の文庫化！〈解説〉末國善己
207004-2

あ-59-4
一路（上）
浅田次郎
父の死により江戸から国元に帰参した小野寺一路は、参勤道中御供頭のお役目を仰せつかる。家伝の行軍録を唯一の手がかりに、いざ江戸見参の道中へ！
206100-2

各書目の下段の数字はISBNコードです。978－4－12が省略してあります。

う-28-11
新装版 旗本始末 闕所物奉行 裏帳合㈣
上田秀人
失踪した旗本の行方を追う扇太郎は借金の形に娘を売る旗本が増えていることを知る。人身売買禁止を逆手にとり吉原乗っ取りを企む勢力との戦いが始まる。
206491-1

う-28-12
新装版 娘始末 闕所物奉行 裏帳合㈤
上田秀人
借金の形に売られた旗本の娘が自害。扇太郎の預かりの身となった元遊女の朱鷺にも魔の手がのびる。江戸闇社会の掌握を狙う一太郎との対決も山場に！
206509-3

う-28-13
新装版 奉行始末 闕所物奉行 裏帳合㈥
上田秀人
岡場所から一斉に火の手があがった。政権返り咲きを図る家斉派と江戸の闇の支配を企む一太郎が勝負に出たのだ。血みどろの最終決戦のゆくえは⁉
206561-1

う-28-14
維新始末
上田秀人
あの大人気シリーズが帰ってきた！ 天保の改革から二十年、闕所物奉行を辞した扇太郎が見た幕末の闇。過去最大の激闘、その勝敗の行方は⁉
206608-3

す-25-27
手習重兵衛 闇討ち斬 新装版
鈴木英治
江戸白金で行き倒れとなった重兵衛は、手習師匠・宗太夫に助けられ居候となったが……。凄腕で男前の快男児が謎を斬る時代小説シリーズ第一弾。
206312-9

す-25-28
手習重兵衛 梵鐘 新装版
鈴木英治
手習子のお美代が消えた⁉ 行方を捜す重兵衛だったが……（「梵鐘」より）。趣向を凝らした四篇の連作が織りなす、人気シリーズ第二弾。
206331-0

す-25-29
手習重兵衛 暁闇 新装版
鈴木英治
旅姿の侍が内藤新宿で殺された。同心の河上が探索を進めると、重兵衛の住む白金村へ向かう途中だったらしいと分かったが……。人気シリーズ第三弾。
206359-4

す-25-30
手習重兵衛 刃《やいば》舞《まい》 新装版
鈴木英治
親友と弟の仇である妖剣の遣い手・遠藤恒之助を倒すため、新たな師のもとで〈人斬りの剣〉の稽古に励む重兵衛だったが……。人気シリーズ第四弾。
206394-5

す-25-31
手習重兵衛 道中霧 新装版
鈴木英治
親友殺しの嫌疑が晴れ、久方ぶりに故郷の諏訪へ帰れることとなった重兵衛。母との再会に胸高鳴らせる彼を、妖剣使いの仇敵・遠藤恒之助と忍びたちが追う。
206417-1

す-25-32
手習重兵衛 天狗変 新装版
鈴木英治
重兵衛を悩ませる諏訪忍びの背後には、三十年ごしの因縁が――家中を揺るがす事態に、重兵衛、左馬助、惣三郎らが立ち向かう。人気シリーズ、第一部完結。
206439-3

す-25-33
江戸の雷神
鈴木英治
その勇猛さで「江戸の雷神」と呼ばれる火付盗賊改役の伊香雷蔵は、府内を騒がす辻斬り、押し込み、盗賊らを追うが……。痛快時代小説シリーズ開幕！
206658-8

た-94-1
まんぷく旅籠 朝日屋 ぱりとろ秋の包み揚げ
高田在子
お江戸日本橋に、ワケあり旅籠が誕生⁉ 人生のどん底を知り、再出発を願う者たちが集められた新生「朝日屋」が、美味しいご飯とおもてなしで奇跡を起こす！
206921-3

た-58-20
北の武士たち・狼奉行 傑作時代小説集
高橋義夫
東北の地に生きる、さむらいの矜持を見よ――。直木賞受賞作「狼奉行」はじめ、書き下ろし二篇を収録した文庫オリジナル編集。〈解説〉末國善己
206559-8

と-26-13
堂島物語1 曙光篇
富樫倫太郎
米が銭を生む街・大坂堂島。十六歳と遅れて米問屋へ奉公に入った吉左には「暖簾分けを許され店を持つ」という出世の道は閉ざされていたが――本格時代経済小説の登場。
205519-3

と-26-14
堂島物語2 青雲篇
富樫倫太郎
山代屋へ奉公に上がって二年。丁稚として務める一方、幕府未公認の先物取引「つめかえし」で相場師としての頭角を現しつつある吉左は、両替商の娘・加保に想いを寄せる。
205520-9

と-26-15
堂島物語3 立志篇
富樫倫太郎
念願の米仲買人となった吉左改め吉左衛門は、自分と同じく二十代で無敗の天才米相場師・寒河江屋宗右衛門の存在を知る――『早雲の軍配者』の著者が描く経済時代小説第三弾。
205545-2

各書目の下段の数字はISBNコードです。978－4－12が省略してあります。

と-26-16
堂島物語4 背水篇
富樫倫太郎
「九州で竹の花が咲いた」という奇妙な噂を耳にした吉左衛門は西国へ飛ぶ。やがて訪れる享保の大飢饉をめぐる米相場乱高下は、ビジネスチャンスとなるか、破滅をもたらすか――。
205546-9

と-26-17
堂島物語5 漆黒篇
富樫倫太郎
かつて山代屋で丁稚頭を務めた百助は莫大な借金を抱え、お新と駆け落ちする。米商人となる道を閉ざされ、行商人に身を落とした百助は、やがて酒に溺れるが……。
205599-5

と-26-18
堂島物語6 出世篇
富樫倫太郎
川越屋で奉公を始めることになった百助の息子・万吉は、手代たちから執拗な嫌がらせを受ける。『早雲の軍配者』の著者が描く本格経済時代小説第六弾。
205600-8

と-26-32
闇の獄（上）
富樫倫太郎
盗賊仲間に裏切られて死んだはずの男は、座頭組織の長に拾われて、暗殺者として裏社会に生きることに！『SRO』「軍配者」シリーズの著者によるもう一つの世界。
205963-4

と-26-33
闇の獄（下）
富樫倫太郎
座頭として二重生活を送る男・新之助は、裏社会から足を洗い、愛する女・お袖と添い遂げることができるのか？ 著者渾身の暗黒時代小説、待望の文庫化！
206052-4

と-26-34
闇夜の鴉
富樫倫太郎
大坂の追っ手を逃れてから十年――。新一は江戸で再び殺し屋稼業に手を染めていた。『闇の獄』に連なる暗黒時代小説シリーズ第二弾！〈解説〉末國善己
206104-0

な-65-5
三日月の花 渡り奉公人 渡辺勘兵衛
中路啓太
時は関ヶ原の合戦直後。『もののふ莫迦』で「本屋が選ぶ時代小説大賞2015」に輝いた著者が描く、反骨の武将・渡辺勘兵衛の誇り高き生涯！
206299-3

は-31-38
お春
橋本治
夢のような愚かさを書いてみたい――橋本治が谷崎潤一郎『刺青』をオマージュして紡いだ、愚かしく妖しい少女の物語。〈巻末付録〉橋本治「愚かと悪魔の間」
206768-4